LA MALÉDICTION DE BARBE BLEUE

Contes Obscurs

RÉGINE ABEL

TABLE DES MATIÈRES

LA MALÉDICTION DE BARBE BLEUE

Peux-tu résister à la tentation ?

Le roi Érik Thorsen, également connu sous le nom de Barbe Bleue, est à nouveau veuf. Comme toutes les autres avant elle, sa défunte épouse a succombé à l'attrait de la malédiction qui le frappe et menace le royaume.

Alors que des jeunes filles volontaires se rassemblent au château dans l'espoir d'être choisies, Érik jette son dévolu sur une beauté dorée nommée Astrid. Cependant, devenir sa reine a un prix élevé. La nouvelle épouse du roi doit d'abord résister à la tentation pendant un an et un jour... ou mourir si elle échoue.

Astrid sera-t-elle la prochaine à succomber à ce qui se trouve au-delà de la Porte Scellée ?

DÉDICACE

À ma famille, qui a toujours été là pour moi, qui a cru en moi et qui m'a soutenue dans tous les obstacles que j'ai rencontrés.

À tous ceux qui croient fermement que l'amour triomphe de tout.

CHAPITRE 1
ÉRIK

Dissimulé dans l'ombre du balcon surplombant la salle de bal, j'observai les jeunes femmes assemblées dans ma demeure. D'ici la fin de la soirée, l'une d'entre elles deviendrait ma vingt-huitième épouse. Nul ne savait combien de temps elle allait survivre. Le record était de six mois, alors que mon union la plus brève avait été de vingt-quatre heures. Et pourtant, en dépit de ces sombres augures, elles espéraient toutes devenir ma reine.

Leurs voix s'élevèrent jusqu'à moi, comme un bourdonnement d'insectes au-dessus de la musique jouée par l'orchestre. Les quelques éclats de rire de Hilda Lund brisèrent la monotonie du murmure agaçant de leurs conversations. Comme j'aurais aimé pouvoir les expulser de ma demeure. Je m'approchai de l'endroit où Hilda tenait audience, entourée des filles de la noblesse de Rathlin.

Elles étaient suspendues à ses lèvres, leurs visages rougissant d'excitation. Encore que le vermillon de leurs joues pût bien être dû à la couche de poudre plaquée sur leurs visages ou à l'absurde étroitesse de leurs corsets. Je me penchai discrètement au-dessus du parapet pour épier leur conversation. L'odeur de leurs parfums mêlés était étouffante.

— C'est un signe du destin que mon pauvre fiancé ait connu une fin aussi tragique qu'imprévisible, il y a à peine une semaine, déclara Hilda à son auditoire captivé. Depuis toujours, j'ai l'intime conviction que c'est mon destin que de libérer notre bien-aimé roi Érik de la malédiction qui le tourmente et menace notre peuple.

Son arrogance me laissait sans voix. Elle croyait sincèrement être la réponse à tous mes maux et se voyait comme un don divin accordé à la race humaine. Hilda était plutôt jolie dans sa robe pourpre royale. Aussi charmante qu'un bouquet d'aconit. Peut-être devais-je la prendre comme épouse après tout et ainsi nous débarrasser de son insupportable présence, une fois qu'elle aurait échoué, comme toutes les autres avant elle.

— Mais toutes ses autres épouses sont mortes. Comment la moindre d'entre nous pourrait-elle réussir ? Quel est ce test si impossible à relever ? dit une rouquine d'apparence frêle.

— Elles étaient faibles, dit Hilda en haussant l'épaule. Je ne le suis pas.

Oui. Faibles, avides et égocentriques. La plupart avaient également été arrogantes… comme elle.

— Arianne a survécu un peu plus de six mois, dit une brunette d'un air conspirateur. Tout le monde pensait qu'elle allait achever l'année. Et pourtant, elle aussi a échoué.

— Arianne était une rêveuse. Si ce n'était de la terrible maladie qui m'avait gardée alitée l'été dernier, j'aurais assisté au bal. Le Roi Érik m'aurait choisie à la place et toute cette souffrance aurait pu être évitée, dit Hilda avec conviction.

Je ne pouvais pas en supporter davantage. M'éloignant du parapet, je m'efforçai d'étouffer la douleur qui s'était logée dans ma poitrine. En effet, Arianne avait été une rêveuse, une adorable créature dont j'avais également pensé qu'elle allait réussir. Je ne l'avais pas aimée, mais j'avais eu de l'affection pour elle. Quand, après le cinquième mois, sa détermination était demeurée inébranlable, j'avais pensé que peut-être cette fois, cette épouse, ne me décevrait pas. Mais non...

Mon regard fit le tour de la pièce, évaluant la trentaine de jeunes filles qui y étaient réunies. Le plus gros groupe entourait Hilda, chacune espérant sans doute devenir l'une de ses dames d'honneur si je la choisissais. Les autres étaient éparpillées ici et là en petits groupes de deux ou trois. Mais ce fut la silhouette d'une jeune fille isolée près de la baie vitrée qui retint mon attention.

Déesse dorée...

Elle était grande, avec des courbes délicieuses dans sa longue robe blanche. Sa chevelure blonde aux accents dorés tombait en cascade jusqu'à sa taille. Deux tresses ornées de perles encadraient son visage plutôt attirant en forme de cœur. Elle mordillait nerveusement sa lèvre pulpeuse tout en observant les autres jeunes filles dans la pièce. Comme si elle m'avait senti l'observer, elle leva brusquement les yeux, son regard se posant directement là où je me tenais. J'eus l'impression d'être frappé par la foudre et mon sang s'enflamma. Instinctivement, je reculai de deux pas, même si je savais qu'elle ne pouvait pas me voir. Elle fronça les sourcils et ses magnifiques yeux ambrés examinèrent le balcon avant de reprendre leur observation des autres candidates.

Qu'est-ce que c'était que ça ?

Aucune femme n'avait jamais suscité en moi une telle réaction. J'en fus intrigué.

D'un geste de la main, j'invitai à s'approcher Tormund, qui se tenait légèrement en retrait. Une fois qu'il fut à mes côtés, je lui indiquai la jeune femme d'un mouvement du menton.

— Elle s'appelle Astrid Halvar, votre Majesté, murmura Tormund. Elle était promise au second fils de Lord Dennar. Il a rompu leurs fiançailles quand la situation financière de la famille Halvar est devenue précaire. Bien que sa réputation soit impeccable, les choix de Lady Halvar sont limités. Le peuple approuverait ce choix.

— Et vous, Tormund ? demandai-je.

— Elle était fort appréciée de ses serviteurs lorsque sa famille pouvait encore se les offrir. Votre union leur éviterait de devenir indigents.

Réponse typique de Tormund. Mon majordome examinait chaque problème de manière pratique. Il évaluait chacune des candidates en termes d'habileté à résister à la malédiction et en fonction des avantages dont bénéficierait sa famille une fois qu'elle nous aurait quittés.

Je hochai la tête avant de descendre vers la piste de danse. Les gardes ouvrirent les énormes portes doubles et le silence s'abattit sur la pièce. Quelques secondes plus tard, les jeunes filles se précipitèrent pour former une ligne aux abords de la piste de danse, dans une cacophonie de grincements de chaises et de tintements de verres abandonnés sur les tables avoisinantes. Hilda se fraya une place au centre de la ligne. Elle m'offrit son sourire le plus éclatant et bomba vers moi son ample poitrine étroitement confinée dans son corset.

Mon regard glissa sur elle et les autres demoiselles à ses côtés pour s'arrêter sur Astrid. Ses yeux s'écarquillèrent quand elle me vit marcher dans sa direction. Les lèvres entrouvertes de surprise, elle lança un regard incertain vers les autres candidates avant de se retourner vers moi. Elle déglutit nerveusement lorsque je m'arrêtai devant elle

— Bienvenue dans ma demeure, Lady Astrid. Me feriez-vous l'honneur de la première danse ? demandai-je en lui tendant la main.

— Avec plaisir, votre Majesté.

En dépit de sa voix ferme, la main qu'elle plaça dans la mienne tremblait légèrement.

Je la conduisis au centre de la piste de danse sous le regard outré de Hilda. La main délicate d'Astrid glissa sur mon épaule alors que mon bras entourait sa taille, l'attirant étroitement contre moi. Un léger halètement indiqua sa surprise, mais elle ne s'opposa pas à notre proximité. D'un hochement de tête, je fis signe au chef d'orchestre. Les notes d'une valse s'élevèrent dans la vaste pièce circulaire. Astrid suivit mes mouvements sans le moindre effort alors que nous tourbillonnions à travers la piste, sous les regards envieux des autres jeunes filles.

Vue de près, elle était encore plus belle. Son nez délicat était parsemé de quelques taches de rousseur. Sa peau magnifique, couleur de miel, me donnait envie d'en lécher la moindre parcelle. J'aurais voulu qu'elle ne garde pas son regard timidement baissé. Je me demandais quelle flamme et quel mystère se cachaient derrière.

À la moitié du morceau, je resserrai mon étreinte davantage. La main d'Astrid sur mon épaule se crispa, mais cette fois encore elle ne protesta pas. Une telle proximité était inappropriée, mais je m'en moquais. J'aimais la manière dont son corps aguichant épousait le mien parfaitement. Sa poitrine voluptueuse se soulevait et s'affaissait rapidement avec chaque respiration. Elle était douce et souple dans mes bras. Je me penchai vers elle, inhalant son délicat parfum de lavande. Elle humecta ses lèvres nerveusement, et j'eus soudain le désir ardent de les goûter.

— Dites-moi, Lady Astrid, êtes-vous venue dans l'antre de Barbe Bleue de votre plein gré ou votre famille vous y a-t-elle forcée ?

Son regard se posa sur ma barbe et ses trois tresses avant de croiser le mien.

— Mon père ne voulait pas que je vienne, votre Majesté. Il craint…

— Il craint que vous puissiez échouer, comme mes épouses précédentes, complétai-je pour elle quand son silence s'éternisa.

Les yeux baissés, elle hocha la tête.

— Êtes-vous donc persuadée de pouvoir réussir là où tant d'autres ne l'ont pu ? demandai-je.

Tendue, elle s'éloigna légèrement. Ses fins sourcils, une teinte plus foncée que ses cheveux, se froncèrent.

— Non, votre Altesse. Je ne suis pas si présomptueuse. Ma famille sera démunie si je ne parviens pas à trouver un bon époux. Quel que soit le défi, je l'affronterai pour le bien de mon père et de ma petite sœur.

— Quel que soit le défi ? Même affronter le monstre de Rathlin ? insistai-je.

— Je ne vois pas de monstre, dit-elle, son regard parcourant chaque centimètre de mon visage.

— Les yeux sont facilement trompés, Madame. Au cours des quatorze dernières années, j'ai épousé vingt-sept jeunes filles. Quel genre d'homme passe au travers d'un si grand nombre d'épouses, toutes disparues sans laisser la moindre trace ?

L'espace d'un instant, la peur se lut sur son visage, mais Astrid reprit rapidement le contrôle de ses émotions. Cela me rassura. Un être naïf et simple d'esprit n'aurait pas la moindre chance de survivre à ce que lui réserverait la prochaine année.

— Un homme affligé d'une malédiction pour avoir sauvé Rathlin du véritable monstre qui hantait ses rives, dit-elle. Pour-quoi porteriez-vous le blâme si ces jeunes filles ont accepté un défi qu'elles ne pouvaient relever ?

J'arrêtai de danser si brusquement qu'elle tomba presque sur moi. Émettant un léger cri de surprise, Astrid s'accrocha à mon épaule pour garder son équilibre.

— Selon vous, quelle est la nature du défi ?

Elle fronça les sourcils, son regard prenant une expression lointaine.

— Je me suis souvent posé la question, votre Majesté. Mais je dois admettre ne pas avoir la moindre idée.

Je me penchai vers elle, mes lèvres effleurant son oreille.

— C'est la tentation, Lady Astrid. Êtes-vous capable de résister à la tentation ? murmurai-je.

Son souffle s'étrangla. Je reculai pour plonger mon regard

dans le sien. Elle frissonna et sa peau dorée se couvrit de chair de poule.

— La tentation se présente sous diverses formes, votre Majesté. Je ne suis pas avide de nature. Étant plutôt jalouse de mon intimité, je n'ai pas le penchant de m'immiscer dans la vie privée des autres.

Elle avait toutes les bonnes réponses. Étaient-elles sincères ou répétées d'avance ? Je l'ignorais. Cependant, j'adorais sa voix rauque, et je ne pouvais m'empêcher de me demander comment elle sonnerait, criant mon nom sous l'emprise de la passion. Des images d'Astrid frémissant sous moi, ses yeux ambrés brûlants de désir envahirent mon esprit. Mon sang se rua vers mon aine.

— Excellente réponse, Madame. Mais il y a également de bonnes tentations.

Ses joues se teintèrent de rose lorsque je pressai mon excitation florissante contre elle. Encore une fois, elle s'humecta les lèvres nerveusement, ses mains fermement agrippées à moi.

— La jeune fille que je choisirai sera mon épouse dans tous les sens du terme, Lady Astrid. Je suis un homme de grand appétit. Êtes-vous prête à affronter ce défi également ?

Elle déglutit péniblement et frémit dans mes bras. Je réalisai alors à quel point je voulais qu'elle dise oui. De toutes les réponses auxquelles je m'étais attendu, je n'aurais jamais imaginé qu'elle appuierait sa poitrine contre la mienne ou murmurerait ces paroles.

— Ce ne sera pas un défi.

Malgré son visage cramoisi d'embarras, elle ne détourna pas les yeux. Mon membre s'engorgea davantage. La respiration d'Astrid devint saccadée. Je me penchai vers elle, résolu à goûter ses lèvres pulpeuses légèrement entrouvertes, mais la forte odeur du parfum d'Hilda gâcha tout. Tournant la tête, je la vis s'approcher avec son habituel sourire trop brillant.

— S'il plaît à votre Altesse, j'aimerais réclamer la deuxième danse, dit-elle avec un enthousiasme affecté.

J'avais été tellement obnubilé par Astrid que je n'avais pas remarqué l'arrêt de la musique. Je ne cachai pas mon mécontentement face à cette interruption importune. Hilda perdit de sa superbe et jeta un regard inquiet autour de la pièce. Elle comprit alors quelle humiliation elle subirait si je la rejetais… *quand* je la rejetterais.

Astrid tenta de s'éloigner de moi. Je resserrai mon étreinte, désirant sentir son corps voluptueux contre le mien et contre mon membre avide de la posséder.

— Considérez cette déplaisante intrusion comme votre seule et unique chance de fuir, Lady Astrid. Réfléchissez bien et choisissez judicieusement.

Ses yeux s'écarquillèrent lorsqu'elle comprit le message sous-jacent. Ce n'avait pas été la plus romantique des demandes en mariage, mais je n'étais pas en position de la courtiser normalement. Je ne comprenais pas pourquoi je lui avais donné cette opportunité de me filer entre les doigts. Tel que stipulé par la loi, aucune jeune fille ne pouvait m'opposer de refus.

Lorsque j'avais besoin d'une nouvelle épouse, je n'obligeais aucune candidate à se présenter. Celles qui venaient, et elles étaient toujours nombreuses, donnaient leur consentement simplement en franchissant les portes du château. Pour une raison que je ne saurais expliquer, je voulais que cette déesse entre mes bras s'offre à moi de son plein gré.

— Pourquoi fuir quand je suis exactement là où je désire être ? demanda Astrid.

Quel aplomb ! Cela me plut. Je lui souris.

— Il n'y aura pas de seconde danse, dis-je à Hilda, sans quitter Astrid des yeux.

— Quoi ? demanda Hilda, estomaquée. Mais vous le devez ! Vous ne pouvez pas…

Je tournai brusquement la tête vers elle.

— Auriez-vous la prétention de me dire ce que je peux et ne

peux pas faire, Madame ? demandai-je, ma voix d'un calme menaçant.

Elle secoua la tête, les traits tendus.

— N… Non. Bien sûr que non, v… votre Altesse.

Tormund s'approcha dans le silence assourdissant qui régnait dans la pièce et tendit le bras à Hilda.

— Par ici, Madame, je vous prie.

Le visage poudré de Hilda pâlit davantage. La douleur et l'incrédulité se lisaient dans son regard. Je ressentis presque de la sympathie pour elle. Presque… Hilda posa une main tremblotante sur le bras de Tormund qui l'escorta hors de la piste de danse.

D'un geste de la main, il indiqua aux autres jeunes filles de le suivre tandis qu'il quittait la salle de bal. Je fis signe au chef d'orchestre. Le clopin-clopant des chaussures des jeunes filles s'éloignant fut rapidement noyé par la musique alors que l'orchestre se lançait dans une autre valse. Astrid sourit d'un air émerveillé, tandis que nous tournoyions autour de la pièce circulaire.

Le peu de conscience qui me restait me rongeait. En cédant à la convoitise, je venais de condamner cette délicieuse créature à une mort prématurée, par ma propre main. Et elle mourrait avant qu'une année ne se soit écoulée. La force de mon attirance envers elle défiait toute logique, mais ne pouvait être contestée : j'avais *besoin* de la posséder. Néanmoins, pour les semaines – avec un peu de chance, les mois – qui lui restaient à vivre, je me jurai de la rendre heureuse. Je veillerais également à ce que sa famille ne manque plus jamais de rien.

Et ce fut ainsi que je choisis la douce Astrid Halvar, vingt-huitième épouse de Barbe Bleue.

CHAPITRE 2
ASTRID

Comme dans un rêve, je m'abandonnai dans les bras puissants du redoutable roi des Îles de Rathlin. Le chandelier massif au-dessus de nous et deux dizaines de torches et candélabres le long des murs baignaient les lieux d'une douce lumière. Alors que nous valsions à travers la pièce, l'éclairage donnait une teinte bleutée à la barbe et à la chevelure noir corbeau du roi Érik. Ses yeux argentés m'hypnotisaient. Sa large main, posée à la base de mon dos, me tenait fermement serrée contre son corps dur et musclé.

Malgré mon manque d'expérience, je reconnaissais parfaitement la forme rigide qui se pressait contre mon ventre. Bien que je fusse raisonnablement jolie, ce signe tangible de son excitation me surprit. Les dames suscitaient l'admiration à cause de leurs tailles fines. Si mes courbes plus voluptueuses attiraient amplement des regards masculins approbateurs, je ne comprenais pas qu'elles eussent attiré le Roi. Plusieurs des plus jolies filles du royaume s'étaient présentées ce soir. Comme les autres, j'avais cru que Hilda serait choisie.

Lorsque j'avais défié mon père en participant au bal, je n'avais pas cru avoir la moindre chance. Mais la situation financière précaire de ma famille m'avait forcée à agir, ne fusse que pour dire que je n'avais pas accepté notre sort de manière passive. Conscientes des difficultés de ma famille, les autres jeunes filles m'avaient tourné le dos. Cela ne m'avait pas dérangée. Je ne cherchais pas à être populaire et je me souciais peu de l'approbation des autres. Le Roi aurait dû me traiter de la même manière. Aussi, lorsqu'il avait jeté son dévolu sur moi, toute pensée rationnelle avait quitté mon esprit.

Je ne pouvais croire la manière éhontée dont j'avais pressé ma poitrine contre la sienne. Il m'affectait d'une manière que je n'aurais jamais pu anticiper. Son regard était si affamé. Sa voix grave, légèrement rauque, m'hypnotisait. Lorsqu'il avait claire-ment exprimé qu'il s'attendait à de fréquentes relations intimes avec son épouse, la plus étrange des chaleurs avait pris naissance dans mon estomac et s'était lentement répandue le long de mes jambes. J'avais honte d'admettre que j'avais pris plaisir à la déconfiture d'Hilda lorsqu'il l'avait renvoyée, et pas seulement parce qu'elle me regardait toujours d'un air hautain. En vérité, je voulais que le Roi Érik me choisisse.

Mais maintenant que mon souhait avait été exaucé, je n'en étais plus aussi certaine. Les dernières notes de la valse se turent et nous nous tînmes immobiles au centre de la piste de danse. La main du Roi Érik relâcha mon dos l'espace d'un instant avant reprendre son étreinte intime. Le bruit sourd de chaises déplacées m'indiqua que l'orchestre s'en allait. Je compris alors que le Roi avait dû leur faire signe de s'éclipser. Ma gorge se dessécha et mon cœur palpita. Son regard métallique me retenait prisonnière et semblait vouloir s'emparer de mon âme.

— J'ai remercié toutes les autres jeunes filles. Sais-tu ce que cela veut dire ? me demanda-t-il d'une voix douce.

Même si ma gorge me semblait trop contractée pour parler, je parvins à lui répondre.

— O... Oui, votre Altesse.

— Érik, dit-il. Je préfère que mon épouse m'appelle par mon prénom.

Je ne pus réprimer le violent frisson qui me parcourut. Son épouse... L'épouse de Barbe Bleue. Mais quelle idée de venir ici ? Près d'une trentaine de femmes, plusieurs d'entre elles plus fortes que moi, avaient lamentablement échoué de relever le défi auquel je devais maintenant faire face. Quelle arrogance m'avait poussée à me jeter dans la gueule du loup en pensant pouvoir en ressortir indemne ? Le sentiment de triomphe que j'avais ressenti lorsque Tormund avait escorté les autres jeunes filles hors de la salle de bal n'était maintenant plus qu'un souvenir. À sa place, un ardent désir de les rejoindre et de me réfugier dans la maison de mon père me taraudait.

Ayant sans doute perçu ma panique grandissante, Érik perdit son sourire séducteur et son visage se durcit.

— Il est trop tard pour changer d'idée, jeune fille. Tu as eu l'opportunité de fuir. Maintenant, tu es à moi.

— J... Je n'ai pas changé d'idée, votre Al... Érik. Je me sens juste quelque peu dépassée. Tout ça est si... inattendu.

Je détestais mon comportement inhabituellement timoré. À en juger par son expression, Érik ne me croyait visiblement pas. Heureusement, il n'insista pas. Il me libéra de l'étreinte intime dans laquelle il me tenait depuis le début de notre première danse. Cela aurait dû me soulager, mais je me sentis démunie face à la perte de la chaleur de son corps ferme et musclé contre moi. Mes réactions illogiques me laissèrent perplexe. D'abord, je voulais m'enfuir, mais dès qu'il me relâchait, j'avais envie qu'il me tienne.

Érik recula d'un pas puis m'offrit son bras. J'acceptai le geste galant et le laissai m'escorter hors de la salle de bal. Les gardes refermèrent la porte derrière nous pendant que nous traversions le corridor déserté en direction de la petite chapelle située quelques portes plus loin. C'était une vaste pièce rectangulaire. Un tapis rouge menant à un autel en pierre séparait deux rangées de huit bancs. Derrière l'autel, Père Osvald se tenait debout près d'une croix celtique de trois mètres aux motifs complexes finement sculptés.

Mon père avait rêvé du jour où il me mènerait à l'autel. Mais j'étais là, dans une chapelle vide baignée de la douce lueur du clair de lune qui s'infiltrait à travers les grandes fenêtres voûtées ainsi que du scintillement des candélabres. L'odeur des bougies allumées se mélangeait à l'arôme épicé de l'encens. Tormund nous attendait également près de l'autel, probablement pour nous servir de témoin. Une longue corde tricolore reposait sur l'autel devant Père Osvald.

Pas un mariage… une cérémonie des mains liées.

Bien sûr, c'était logique. Pourquoi se soumettre aux dépenses et cauchemar logistique d'un mariage quand la nouvelle épouse n'allait probablement survivre que quelques mois ? Sans parler des implications légales des règles de succession s'il s'était marié avec chacune de ses épouses précédentes. Une union par cérémonie des mains liées durait un an et un jour. C'était une union légale durant laquelle le couple pouvait tester sa compatibilité avant de s'engager à un mariage permanent. Dans mon cas, il s'agissait de tester ma capacité à résister à la tentation à laquelle j'allais être exposée.

Père Osvald sembla affligé de me voir aux côtés d'Érik. Je n'avais pas besoin de demander pourquoi. Je prenais part à plusieurs œuvres de charité lorsque le temps me le permettait. Père Osvald et moi avions développé une amitié respectueuse au fil des ans. Évidemment, il me croyait condamnée. Il prit une expression neutre avant de faire une révérence à Érik – ou plutôt, à *nous deux*.

Il s'empara de la corde tressée sur l'autel, puis le contourna pour s'approcher d'Érik et de moi. Nos regards se croisèrent et je lui adressai un sourire nerveux. Le sien fut plutôt tendu.

— Roi Érik Thorsen et Lady Astrid Halvar, est-ce votre

souhait d'être unis aujourd'hui selon la tradition des mains liées ? demanda Père Osvald d'une voix solennelle.

— Ce l'est, Érik et moi répondîmes à l'unisson.

Sa voix était ferme, profonde et rauque. La mienne était fluette mais au moins ne trembla pas.

— Alors que je lie vos mains, souvenez-vous bien que ces cordes ne sont pas le véritable lien qui vous unit, dit Père Osvald en nous présentant la corde.

Érik souleva la main gauche et je posai ma droite par-dessus. Père Osvald entoura lentement nos mains de la corde tressée.

— Puissiez-vous à jamais être liés, homme et femme, avec ces cordes comme symbole de votre unité. La corde blanche, signe de pureté, afin que vous ayez un nouveau départ, libre de votre passé. Une corde violette, afin que votre force spirituelle ne faiblisse jamais face à l'adversité. Une corde bleue pour que vous soyez à jamais fidèles l'un envers l'autre et constants dans le respect de toutes les promesses échangées.

Je fus reconnaissante du support offert par la main d'Érik sous la mienne. La réalité me frappait enfin de plein fouet et la peur faisait parcourir des frissons le long de mon échine.

Le nouage complété, Père Osvald tint nos mains entre les siennes.

— Puissiez-vous à jamais être unis par la passion, la dévotion et le respect. Roi Érik, Lady Astrid, vos mains sont liées. Vous êtes maintenant mari et femme. Votre Majesté, vous pouvez embrasser la mariée.

Se tournant pour me faire face, Érik replia son bras lié vers son épaule, m'attirant à lui par la même occasion. Sa main libre s'enroula autour de mon cou, son pouce soulevant doucement mon visage vers le sien. Mes lèvres s'écartèrent tandis que les siennes descendaient pour effleurer les miennes. Sa bouche était douce et chaude... au début. La main d'Érik glissa sur ma nuque, ses doigts se faufilant dans mes cheveux. La pression de ses lèvres s'accentua, puis sa langue envahit ma bouche. Il avait un goût d'épices et de caramel brûlé, comme s'il avait récemment bu un verre de rhum.

Je n'étais pas une grande buveuse, incapable de supporter l'alcool. Mais le baiser d'Érik me montait à la tête plus vite que n'importe quel alcool que j'avais pu boire. Mes mamelons durcirent tandis qu'une pulsation sourde entre mes jambes semblait se synchroniser avec mon cœur qui battait la chamade. Je ne pus contenir le gémissement qui m'échappa. En réponse, la main d'Érik empoigna mes cheveux, et le baiser s'intensifia pendant une seconde avant qu'il ne s'éloigne de moi. Je faillis gémir sous l'effet d'un sentiment de perte. Le gris de ses yeux était orageux de désir et brillait de promesses pour la nuit à venir. Je frémis d'impatience.

Père Osvald ôta les cordons qui liaient nos mains et les plia proprement sur l'autel. Il déroula deux parchemins, les copies du contrat des mains liées. Après que nous eûmes tous deux signé et que Tormund se soit porté témoin, Érik apposa son sceau royal sur l'exemplaire qui serait envoyé à mon père en même temps que mon gage de jeune mariée.

Rien que pour cela, le défi que j'allais devoir relever au cours de l'année suivante en valait la peine. Que je réussisse ou que j'échoue n'avait plus d'importance, hormis le fait que je n'étais pas prête à mourir. Même si je ne connaissais pas les détails de mon gage de mariée, il serait suffisamment généreux pour assurer le bien-être financier de ma famille.

Après une dernière révérence respectueuse, le père Osvald partit. Plutôt que de le suivre pour faire remettre le contrat et le gage de la mariée à mon père, Tormund s'approcha de nous. Il présenta une boîte ouvragée sertie de joyaux à Érik qui l'ouvrit. Sur un coussin de velours noir reposait un magnifique collier en or avec un médaillon incrusté de pierres précieuses en forme de coquillage. Au centre de la spirale, une grosse perle brillait d'une pulsation lente et régulière.

Érik retira le collier de la boîte et me l'attacha autour du cou.

J'étais tellement fascinée par les pulsations de la pierre précieuse que je remarquai à peine le départ silencieux de Tormund. Mon souffle s'étrangla dans ma gorge lorsque le pendentif se posa entre mes seins. C'était comme si un lien s'était établi entre la pierre et quelque chose en moi. Je jetai un regard inquiet à Érik, qui me fixait intensément.

— J'ai senti quelque chose, dis-je, la voix incertaine. Est-ce normal ? Cela ne va pas me faire mal, n'est-ce pas ?

— Oui, c'est normal. Et non, ça ne te fera pas de mal. Au contraire.

Il caressa le médaillon du revers de deux doigts. Le côté de sa main effleura la courbe intérieure de mon sein. Je réprimai difficilement un frisson tandis que la chair de poule se manifestait à nouveau sur toute ma peau. Un sourire complice s'épanouit sur ses lèvres et mes joues s'échauffèrent.

— Tu ne dois jamais l'enlever, sous aucun prétexte. Pas pour te baigner, pas pour dormir, jamais... pas avant la fin de notre union par mains liées. Tu comprends ce que je dis ?

— Oui, Érik.

Son intensité me troubla.

— Jure-le, Astrid.

Son insistance me donna à réfléchir.

— C'est ça, le défi ? Ne jamais l'enlever pendant un an ?

— Non. Bien que cela joue un rôle, porter le médaillon n'est pas le défi. Celui-ci commencera demain. Je te dirai alors ce que tu dois savoir à ce sujet. Pour l'instant, je veux ta parole. Jure-le, Astrid.

J'ignorais d'où provenait ma soudaine réticence. Je savais, en venant ici, qu'on me demanderait de m'engager dans quelque chose qui mettrait mon bien-être en péril. J'avais accepté cette éventualité, même si je ne m'attendais pas à être choisie. Peut-être était-ce le sentiment de finalité qui accompagnait un tel engagement.

— Je jure de ne jamais enlever le collier, pour quelque raison que ce soit, jusqu'à la fin de notre union par mains liées.

Érik sembla... soulagé. Pendant un instant, je crus qu'il allait dire quelque chose. Au lieu de cela, il prit mon visage dans ses mains et captura ma bouche avec avidité. Mes lèvres s'écartèrent instinctivement, et je m'accrochai à ses épaules comme une femme qui se noie. Nos langues se mêlèrent pendant un moment. Ses mains caressèrent mon cou et descendirent jusqu'à mes épaules. En gémissant doucement, je me pressai contre lui. J'attendais avec impatience le moment où ses mains puissantes m'entoureraient et me serreraient contre lui, comme il l'avait fait plus tôt sur la piste de danse. Au lieu de cela, elles repoussèrent mes épaules, tandis qu'il mettait fin à notre baiser et s'éloignait de moi. Je levai les yeux vers lui, confuse.

— Un tel enthousiasme, dit Érik avec un sourire séducteur. Je te veux, Astrid... mais pas dans une chapelle.

Ses paroles furent comme une pluie verglaçante sur les braises de mon excitation. Hébétée, je parcourus la pièce du regard. Comment avais-je pu oublier si vite où nous étions ? Le visage cramoisi par l'embarras, je suivis Érik qui me conduisait à l'extérieur.

Le château était immense... et effrayant. Nos pas résonnaient dans le silence inquiétant qui nous entourait. Plus nous avancions dans le château, plus les ombres noires semblaient empiéter sur les zones éclairées par des torches ou des lustres, de moins en moins nombreux.

— Où sont les autres ? murmurai-je.

C'était idiot, mais j'avais l'impression que parler à un niveau normal alerterait les créatures cauchemardesques tapies dans les ténèbres, et qu'elles nous tomberaient dessus.

Fronçant les sourcils, Érik me dévisagea un instant.

— Les serviteurs et les gardes ne restent pas dans le château le soir. Ils reviendront au matin. Si jamais tu as besoin d'eux la nuit, il y a une cloche que tu peux faire sonner depuis notre chambre à coucher.

Cela me mit mal à l'aise.

— Pourquoi tout le monde quitte-t-il le château ?

— Parce qu'il n'est pas sûr pour eux, répondit Érik en haussant les épaules.

Cela me stoppa net, et je retirai la main qui reposait sur son avant-bras. Érik se tourna vers moi, l'expression indéchiffrable.

— Pourquoi est-ce dangereux pour eux ? demandai-je, fière de la fermeté de ma voix malgré mon inquiétude grandissante. Ont-ils peur de toi ? C'est pour cela que tu t'es qualifié de monstre ?

Il soupira et avança d'un pas vers moi. D'instinct, je reculai. Son visage se durcit aussitôt. Mon niveau d'anxiété monta d'un cran face à ce changement soudain.

— Ne fais pas ça, dit Érik en serrant les dents. Ne me fuis jamais, Astrid.

La tonalité de sa voix avait changé. Ce fut si subtil que, sans une oreille musicale entraînée, j'aurais pu ne pas le remarquer. Mais cela déclencha en moi la réaction la plus étrange qui soit. Mes pieds me parurent soudain lourds, comme enracinés sur place.

Je jetai un coup d'œil par-dessus mon épaule vers l'entrée avant de le regarder avec appréhension. En ce moment, je n'avais qu'une envie : fuir aussi vite que mes jambes me le permettaient. Cependant, non seulement il me rattraperait facilement, même si je n'avais pas porté de robe longue, mais je sentais à un niveau viscéral que je ne pouvais pas expliquer, que mes pieds ne m'obéiraient pas. Au lieu de cela, j'enlaçai ma taille pour cacher le tremblement de mes mains.

— Tu me fais peur, Érik.

Il soupira.

— Tu n'as aucune raison d'avoir peur de moi, Astrid. Je suis la dernière personne à vouloir te voir en danger. Tu es la clé pour briser la malédiction.

Il réduisit lentement la distance qui nous séparait, et je luttai contre l'envie de reculer à nouveau.

— La menace qui éloigne les serviteurs et les gardes du château, ce n'est pas moi.

— Alors qui ?

Je jetai un coup d'œil aux ombres, me forçant à rester calme.

— Y a-t-il quelqu'un d'autre ici avec nous ? Quelque chose d'autre ? De quoi ont-ils peur ?

Érik prit mon visage entre ses mains.

— De la tentation.

CHAPITRE 3
ÉRIK

Il me fallut un certain temps pour apaiser une partie des craintes d'Astrid. Elle n'était pas comme mes précédentes épouses, et je ne savais pas si c'était une bonne ou une mauvaise chose. Avec les autres, il avait fallu attendre le deuxième ou le troisième jour, voire une semaine entière, pour qu'elles se rendent compte que le château se vidait lentement avec le coucher du soleil. Une telle sensibilité et une telle conscience de son environnement pouvaient être problématiques au vu de l'année qui l'attendait.

Mais à cet instant, la malédiction était la dernière chose sur laquelle je voulais m'attarder. Astrid fit le tour de la chambre principale, regardant tout sauf moi, ou l'imposant lit à baldaquin près du mur de pierre. J'ajoutai une autre bûche dans l'âtre, puis me retournai vers elle. Je pouvais lire l'appréhension sur son visage, mêlée à une bonne dose d'anticipation. Dans les minutes qui allaient suivre, je voulais y mettre de la passion et du désir.

Je détachai ma ceinture avant de la jeter sur la chaise du salon, face au foyer. Astrid me dévisageait, les yeux écarquillés, et se mordilla la lèvre inférieure avec ses dents d'une blancheur nacrée. Sa peau dorée brillait sous la lumière vacillante de l'âtre.

Je retirai ma longue tunique qui descendait jusqu'aux cuisses et la jetai à côté de ma ceinture. Ses seins corsetés se soulevaient et s'abaissaient plus rapidement tandis que je m'approchais. Je me tins devant elle, torse nu. Les yeux ambrés d'Astrid m'observaient, s'assombrissant sous l'effet de l'excitation. Sa langue rose se pointa entre ses lèvres pulpeuses pour les humecter, envoyant une vague de désir directement dans mon membre.

— Veux-tu me toucher, Astrid ? demandai-je d'une voix douce.

Son visage se réchauffa. Elle replaça ses cheveux derrière son oreille puis hocha la tête.

— Je suis ton mari. Mon corps est à toi et tu peux en faire ce que tu veux. Touche-moi. Je veux sentir tes mains sur moi.

Elle leva les mains avec hésitation et les tint près de mon torse, sans établir de contact. J'avais envie de son toucher. Incapable d'attendre plus longtemps, je saisis ses mains et les plaçai sur ma poitrine. Elle émit un hoquet de surprise, mais ne résista pas.

— Tu vois, ce n'est pas si difficile. Vas-y, mon épouse. Explore ce qui t'appartient.

Ses mains, douces et chaudes, se promenèrent sur mon torse. C'était la plus exquise des tortures. Je me sentis durcir, mon membre confiné dans mon pantalon. Le désir d'arracher sa robe, de la jeter sur le lit et de m'enfouir en elle jusqu'à la garde était presque irrésistible. Mais ma femme était vierge. Je devais la mettre à l'aise avec moi avant de commencer à lui enlever ses vêtements. Elle traça des cercles autour de mes mamelons avec ses doigts. Son toucher était maladroit mais incroyablement érotique. Un gémissement profond jaillit de ma poitrine.

— Tu aimes ça ? demanda-t-elle, cherchant manifestement à être rassurée.

— Oui. La sensation de tes mains sur ma peau est incroyable. Embrasse-moi.

Elle gloussa nerveusement mais s'exécuta. Levant son visage

vers le mien, elle se dressa sur la pointe des pieds pour atteindre mes lèvres. Inclinant ma tête vers le bas, je capturai les siennes. Lorsqu'elle commença à se détendre contre moi, je taquinai la fente de sa bouche avec ma langue jusqu'à ce qu'elle m'en donne l'accès. Elle avait un goût sucré, comme de l'hydromel. Je pris mon temps, explorant, savourant. D'abord timide, sa langue commença à répondre avidement à la mienne.

Les mains d'Astrid se glissèrent derrière mon dos et me caressèrent lentement. Mes doigts se faufilèrent dans ses cheveux tandis que j'approfondissais le baiser. De l'autre main, je détachai le lacet de son corset, puis glissai ma main entre les pans de la robe. Sa peau était chaude et soyeuse. Elle frémit contre moi.

J'aimais le fait que, malgré son innocence, Astrid assume pleinement sa sensualité et s'abandonne à mes caresses. Il n'y avait rien de plus rebutant qu'une vierge effarouchée. J'avais trop peu de temps à consacrer à mes épouses pour les amadouer et les faire surmonter leurs craintes vertueuses. Mon audace dans la salle de bal n'était pas dictée par l'impolitesse ou le manque d'étiquette. C'était un bon test pour savoir à quel point la jeune fille était timorée. J'avais effectué cette danse déjà bien trop souvent.

Rompant le baiser, je tirai doucement sur ses cheveux pour exposer son cou. Mes lèvres effleurèrent sa gorge, puis mordirent le pouls qui y palpitait. Elle gémit et empoigna mes cheveux à deux mains. J'inhalai son parfum, un arôme délectable qui lui était propre, mélangé à celui de la lavande. Astrid hoqueta de surprise lorsqu'elle sentit sa robe glisser et tomber à ses pieds. Elle tenta instinctivement de couvrir sa nudité, mais je ne le lui permis pas. Je saisis ses mains et les retins dans son dos. Cette immobilisation mettait ses seins en évidence, et j'aspirai goulûment un mamelon sombre dans ma bouche.

— Érik... gémit-elle en poussant sa poitrine vers moi.

Je ne pus retenir mon sourire triomphant face à sa réponse

enivrante. Je voulais qu'elle soit folle de désir pour moi, comme je l'étais pour elle.

Je relâchai ses mains et elle les enfouit à nouveau dans mes cheveux, me serrant contre son sein. Je les léchai, les suçai et les mordillai à tour de rôle. Ayant défait le lacet de son sous-vêtement, je ne la relâchai que le temps de la débarrasser de cette obstruction gênante. Je repris les lèvres d'Astrid avant qu'elle ne se sente gênée par sa nudité totale. La soulevant dans mes bras sans rompre le baiser, je l'assis au bord du lit et la poussai contre le matelas.

La couvrant de baisers, je m'arrêtai brièvement sur ses seins volumineux mais fermes, avant de poursuivre mon chemin vers le sud. Tandis que mes mains caressaient et pinçaient doucement ses mamelons durs, ma bouche déposait de doux baisers sur son ventre et léchait son nombril. Le ventre d'Astrid frémit et elle se trémoussa sous moi. L'odeur musquée de son excitation me donna envie de la goûter. Incapable de résister, je me mis à genoux devant le lit et écartai ses cuisses avant de m'installer entre elles. Elle était magnifique. Sa fente rose et charnue, entourée de douces boucles dorées, luisait déjà pour moi.

— Érik ! Qu'est-ce que tu fais ?

Astrid tenta de se redresser et de refermer les jambes, gênée d'être ainsi exposée. Mais j'étais trop confortablement installé entre ses cuisses, l'empêchant de me cacher son trésor féminin. Appuyant une main sur son ventre, je la repoussai vers le bas tandis que ma bouche se jetait sur le plus grand des festins. L'argument qu'elle aurait voulu formuler se perdit dans le gémissement qui lui échappa. Son dos s'arqua sur le lit, sa main s'agrippant à mes cheveux presque douloureusement. Il n'y avait pas de place, pas de temps pour la timidité entre nous. J'allais lui apprendre à être spontanée, impudique et assurée dans l'expression de ses désirs.

Ma femme mouillait abondamment et se tordait de plaisir sous les assauts frénétiques de ma langue. Les sons qu'elle émettait de sa voix haletante et sulfureuse faisaient tressaillir mon membre. La façon dont elle prononçait mon nom, avec un besoin et une soif intenses, me donnait envie de la maintenir au bord de la félicité jusqu'à ce qu'elle me supplie de la soulager. Lorsque je glissai un doigt en elle et que ma langue taquina son clitoris, les jambes d'Astrid tremblèrent et son estomac frémit. Ses réactions à mon toucher étaient enivrantes. Je me sentais puissant, magistral, jouant de son corps voluptueux comme d'un instrument bien réglé. J'aurais pu passer des heures à la regarder frémir d'extase entre mes mains.

La respiration laborieuse d'Astrid et ses gémissements torturés m'indiquèrent qu'elle était sur le point de chavirer. C'était très bien. J'avais l'intention de lui donner de nombreux orgasmes ce soir, et je devais la préparer à recevoir ma taille considérable.

Comme elle semblait à l'aise avec un doigt qui entrait et sortait d'elle, j'en ajoutai un deuxième. C'était plus serré, mais les mouvements de son bassin en contrepoint de mes attouchements confirmaient qu'elle aimait cela. J'avais hâte qu'elle se tortille ainsi, mais avec mon membre en elle. Suçant encore plus fort son petit bouton engorgé, j'accélérai le mouvement de mes doigts qui plongeaient en elle, puis je les recourbai, effleurant le point sensible à l'intérieur d'elle. Astrid cria mon nom et se cambra si violemment qu'elle faillit se jeter en bas du lit. Cela fit jaillir une nouvelle salve de désir ardent le long de ma colonne vertébrale. Mes testicules étaient lourds et mon membre palpitait du besoin de la réclamer.

Ses mains griffaient le matelas et sa tête roulait d'un côté à l'autre tandis que le plaisir montait en elle. Astrid cria, son corps tremblant sous l'effet des spasmes de la félicité. Elle était si belle dans son ravissement que je dus serrer une main autour de la base de mon membre pour m'empêcher de jouir à mon tour. Mon estomac se contracta et je serrai les dents en endurant ce désir brûlant. Ce ne serait qu'une fois enfoncé jusqu'à la garde dans ma femme que je déverserais ma semence. Cependant, l'envie de céder à l'orgasme ne me ralentit pas. Pendant qu'Astrid chevauchait les vagues de l'extase, je commençai à faire entrer et sortir mes doigts en ciseaux, l'étirant. J'ajoutai un troisième doigt qui rencontra une certaine résistance. Astrid ne lutta pas contre l'intrusion, soit parce qu'elle était trop hébétée pour s'en rendre compte, soit parce que l'inconfort était négligeable.

Levant les yeux de mon succulent festin, je contemplai la beauté voluptueuse allongée devant moi. Ses yeux ambrés étaient assombris par la passion. Ses lèvres pulpeuses, légèrement entrouvertes, émettaient les sons les plus sexy en réponse à mon toucher. Les mains délicates d'Astrid pinçaient ses mamelons durcis, et ma bouche saliva, désireuse de prendre leur place. Sous la lumière des bougies, une fine couche de sueur sur sa peau de miel la faisait briller. J'avais envie de lécher la moindre parcelle de son corps et de me frotter à elle, peau contre peau. Ses jambes se mirent à trembler sous l'effet d'une jouissance imminente. Je taquinai encore quelques fois son point sensible, et elle explosa à nouveau.

Me redressant, je léchai lentement son essence de ma main, un sourire suffisant sur le visage. Elle avait bon goût, et son musc délicat était un aphrodisiaque envoûtant. Astrid me regarda avec des yeux brûlants, sa respiration demeurant laborieuse. Son souffle s'étrangla lorsque, après m'être débarrassé de mes bottes, je me dépouillai de mon pantalon. Je n'étais pas un petit homme et je la dépassais d'une bonne tête. Mais c'était la taille de ma virilité qui la préoccupait. Même si elle était prête à me recevoir, ce serait un peu juste. Son plaisir était tout ce qui comptait pour moi. J'irais aussi lentement que nécessaire pour ne pas la blesser.

Aucune femme n'avait jamais éveillé en moi un désir aussi ardent. Dès que mes yeux avaient aperçu la déesse dorée dans la salle de bal, mon corps l'avait réclamée.

— Recule sur le lit, Astrid, dis-je, la voix chargée de désir.

Elle recula avec empressement. Je soupçonnai que c'était

plus pour mettre de la distance entre elle et mon membre turgide que par obéissance docile.

— Écarte les jambes pour moi, lui dis-je en rampant vers elle sur le lit.

Après une légère hésitation, elle s'exécuta. Son appréhension était palpable. La voir à ma merci, se soumettre à ma volonté malgré sa peur, était incroyablement grisant. Me positionnant entre ses cuisses, j'abaissai ma poitrine vers la sienne tout en appuyant mon poids sur mes avant-bras.

— Ne crains rien, mon épouse. Je n'ai aucun désir de te faire du mal, murmurai-je, mes lèvres à quelques centimètres des siennes. Le plaisir est tout ce que je veux te procurer. Laisse-moi te montrer à quel point cela peut être bon entre nous.

Astrid hocha la tête, m'adressant un sourire tremblant. Cette démonstration de courage augmenta le respect que j'avais pour elle. Elle aurait besoin de toute cette force pour affronter l'année qui l'attendait. Je l'embrassai profondément et elle m'entoura de ses bras, me caressant le dos. Les attouchements de ma femme étaient électriques, enflammant ma peau. Je ne m'en lasserais jamais. Ma main explorait son corps tandis que nos langues continuaient à s'affronter. Lorsque la tension se dissipa enfin en elle, je commençai à frotter mon membre contre sa fente humide, l'enduisant de son essence. Astrid gémissait et tremblait chaque fois que la tête engorgée effleurait son clitoris. Le besoin de la posséder était irrépressible, même si je ne devais la garder que peu de temps.

Je chassai de mon esprit toute pensée du passé, de l'avenir, et de tout ce qui n'était pas l'instant présent et mon désir brûlant. Plaçant la pointe de mon membre contre sa fente, je m'enfonçai doucement en elle. Elle était incroyablement serrée, et je ne pus aller plus loin que le gland avant de me retirer et de me réintroduire à l'intérieur.

Je dus faire appel à toute ma volonté pour entrer et sortir patiemment, gagnant un centimètre après l'autre, avec une lenteur insoutenable. Elle haleta contre ma bouche quand je m'enfonçai plus profondément, et ses ongles s'enfoncèrent dans mon dos. Je gémis sous l'effet de pincement et luttai contre l'envie d'enfoncer mon membre jusqu'au bout. Je continuai à me balancer lentement d'avant en arrière et bientôt je fus enfoui jusqu'à la garde.

— Astrid... Tu es si douce, si chaude. As-tu la moindre idée de combien c'est bon en toi ? murmurai-je, la voix rauque de désir. Tu es faite pour moi.

Je commençai à me mouvoir en elle, à moitié fou de plaisir. Chaque mouvement envoyait des éclats de feu liquide dans mon aine et explosait en vrilles brûlantes le long de ma colonne vertébrale. Elle était si chaude, si humide. La façon dont ses parois soyeuses caressaient mon membre me donnait envie de déverser ma semence. C'était si bon... tellement bon. Et sa voix sulfureuse...

Lorsque mon membre toucha à nouveau son point sensible, Astrid me griffa le dos, et un cri étranglé m'échappa sous l'effet de la brûlure exquise. Je perdis le contrôle. Je soulevai sa jambe pour l'ouvrir davantage, et je la pilonnai. Le claquement de la chair contre la chair envahit la pièce. Le besoin de jouir était trop pressant, je ne pouvais plus me retenir. Mais je voulais qu'elle vienne avec moi.

Ma main se faufila entre nous et je frottai le bouton engorgé entre ses jambes. Quelques instants plus tard, elle détona dans un nouvel orgasme. Ses parois intérieures se resserrèrent presque douloureusement autour de moi. Saisissant ses hanches dans une prise brutale, j'enfonçai mon membre profondément en elle et rugis tandis qu'une félicité fulgurante s'écoulait à travers mon membre. Je demeurai immobile pendant quelques secondes, le temps que ma semence la remplisse. Les contractions involontaires de son fourreau me vidèrent jusqu'à la dernière goutte.

Frémissant des vestiges de ce glorieux délire, je couvris son visage de doux baisers avant de rouler sur le dos. Je l'attirai dans mes bras et elle se blottit contre moi, sa tête reposant sur mon épaule. Mon cœur battait la chamade et ma respiration laborieuse faisait écho à la sienne. Je ne me souvenais pas avoir jamais eu un orgasme aussi violent, ni avoir eu un accouplement aussi jouissif.

Émerveillé, je contemplai son beau visage avant de passer ma main dans son dos. Elle était couverte de sueur et frissonnait. Je me jurai de faire en sorte que demain et le reste de sa courte vie soient aussi faciles et agréables que possible. Mais ce soir, il n'y avait que nous, et je me délectai de chaque seconde de son ignorance béate. Tirant les couvertures sur nous, je lui donnai un dernier baiser sensuel avant que nous ne nous endormions.

Lorsque nous nous levâmes le lendemain matin, les serviteurs nous avaient déjà préparé un bain chaud, dont nous fîmes rapidement usage. Toujours aussi efficace, Tormund avait rapporté quelques vêtements et effets personnels d'Astrid après avoir remis à son père le contrat de mariage et le gage de la mariée. Je fus heureux de découvrir qu'elle préférait les tuniques fluides aux robes plus élaborées et corsetées que portaient de nombreuses dames. Les robes tuniques étaient plus faciles à enlever et offraient moins de protection contre les mains baladeuses. *Mes* mains...

Deux fois encore cette nuit, j'avais réveillé Astrid et l'avais fait mienne. Je l'aurais fait encore ce matin si le fait de voir s'allumer le premier segment de son médaillon n'avait pas éteint les braises brûlantes de mon excitation. Astrid ne l'avait pas remarqué, mais je ne pouvais pas retarder l'inévitable. Il avait été stupide de ma part de me permettre de penser que nous étions simplement mari et femme, ne fût-ce que pour une nuit. Elle serait morte dans les prochaines semaines... ou dans quelques mois, au mieux. Aussi époustouflante qu'ait été notre nuit de noces, Astrid n'était qu'une étoile filante, illuminant brièvement l'obscurité sans fin de ma vie misérable. Je savais qu'il ne fallait pas s'attacher ou se laisser aller à des sentiments.

Nous discutâmes amicalement au cours du petit déjeuner. Notre conversation était tendue en raison de la tension qui montait en elle. Elle voulait savoir quelle tentation se présenterait à elle, et j'avais assez tardé.

— Tu es prête ? demandai-je lorsqu'elle repoussa son assiette, rassasiée.

Astrid ne demanda pas à quoi – ce n'était pas nécessaire. Elle répondit par un hochement de tête crispé. Je lui offris mon bras avant de la conduire à travers le château jusqu'aux grandes portes qui bloquaient l'entrée du donjon. Sur notre passage, nous croisâmes quelques serviteurs qui vaquaient à leurs occupations. Ceux qui le pouvaient passèrent loin de nous, les autres nous firent une révérence avant de battre en retraite.

— Ils nous évitent, murmura-t-elle pour elle-même.

Une fois de plus, je fus impressionné par le sens de l'observation de ma nouvelle épouse.

— Oui, ils nous évitent.

Elle fronça les sourcils et me regarda avec des yeux interrogateurs.

— Mais pourquoi ?

— En fait, ils t'évitent, *toi*, pour être plus précis.

Le visage d'Astrid prit une expression blessée, mais elle devait comprendre la gravité de sa situation.

— Il semble que tu étais bien aimée par tes anciens serviteurs. Tant qu'ils ne sauront pas que tu réussiras là où les autres ont échoué, nos serviteurs préfèreront ne pas s'attacher à toi.

Elle tressaillit mais ne fit aucun commentaire. Ses yeux brillèrent de détermination et elle souleva le menton en signe de défi. Je réprimai un sourire approbateur. Elle aurait besoin de ce genre d'attitude si elle voulait l'emporter. J'ouvris la porte du donjon. L'air était humide et étouffant. Astrid se rapprocha de moi tandis que nous descendions l'escalier étroit. Le scintillement des torches sur les murs et les bruits de gouttes au loin rendaient notre descente encore plus inquiétante.

Un court couloir au pied de l'escalier s'ouvrait sur une salle octogonale. De multiples arcades marquaient les chemins vers les différentes pièces qui s'y trouvaient. Mais c'était la porte arquée fermée, droit devant, qui attira l'attention d'Astrid. Avec un hoquet émerveillé, elle me quitta et s'avança vers elle.

Mon cœur se serra. Allait-elle échouer aussi rapidement ? Elle demeura bouche bée devant la grande porte. Son centre était percé d'un trou de serrure encastré qui correspondait à son médaillon en forme de nautile. Des sculptures complexes ressemblant à des vignes ornaient la face de la porte. Chaque vrille partait du trou de la serrure et était reliée à l'une des douze grandes pierres précieuses incrustées dans le mur de pierre entourant le chambranle. Astrid passa ses doigts le long des motifs sculptés de la porte.

— C'est tellement beau ! Comment s'ouvre-t-elle ? Qu'y a-t-il à l'intérieur ? demanda-t-elle en se tournant vers moi.

Son excitation s'estompa lorsqu'elle remarqua mon expression sévère. Elle fronça les sourcils, jeta un coup d'œil à la porte, puis me regarda à nouveau. Ses yeux s'écarquillèrent de compréhension et elle recula rapidement.

— C'est ça ? demanda-t-elle en regardant la porte avec méfiance. C'est ça, la tentation ?

— Oui, dis-je, en me plaçant juste devant le fléau de mon existence.

Je passai une main sur la porte avant de faire face à ma femme.

— Tu ne dois jamais ouvrir cette porte, Astrid. Jamais. Ne cherche jamais à savoir ce qu'il y a à l'intérieur. Et jamais, au grand jamais, en aucune circonstance, tu n'entreras de ton plein gré dans la pièce qui se trouve au-delà. Comprends-tu ce que je dis ?

— Oui, Érik.

Elle hocha frénétiquement la tête, jetant toujours des regards inquiets vers la porte.

— J'aimerais avoir ta parole solennelle sur ce point, Astrid, dis-je en lui prenant le visage des deux mains. Jure-le-moi. Jure par tout ce qui t'est cher que tu n'ouvriras jamais cette porte et que tu n'entreras jamais à l'intérieur. Jure-le.

— Je le jure, Érik.

Elle posa ses mains tremblantes sur mon torse.

— Les dieux me sont témoins, je le jure. Je n'ouvrirai jamais cette porte, et je n'entrerai jamais à l'intérieur.

L'attirant à moi, j'écrasai ses lèvres des miennes. Le baiser était plus désespéré que passionné. Vingt-sept fois auparavant, j'avais entendu une telle promesse. Vingt-sept fois, elle n'avait pas été tenue. Je ne voulais pas m'attacher à Astrid : je ne pouvais pas me le permettre. Mais je craignais d'avoir déjà commencé à le faire.

Elle regarda à nouveau la porte et sortit soudain le collier caché sous sa tunique.

— C'est la clé, dit-elle. Si pour briser la malédiction, ta femme ne doit pas ouvrir la porte pendant un an, pourquoi me la montrer ? Pourquoi me donner la clé et me vouer à un éventuel échec ? demanda-t-elle, lorsque je hochai la tête.

— Parce que c'est dans la nature des malédictions d'imposer un défi presque impossible à relever. On ne peut pas briser une malédiction simplement en s'en cachant. Elle est destinée à nous tester jusqu'à nos limites et à s'assurer que la plupart d'entre nous échoueront.

Je lui pris le médaillon des mains.

— Mais dans le cas présent, il y a une autre raison pour laquelle je dois te le montrer.

Je retournai le médaillon.

— As-tu remarqué quelque chose de différent ?

Le motif en spirale du coquillage était divisé en trente et un segments : un pour chaque jour du mois en cours – le mois de mars.

— Le premier segment, à la base de la spirale... Il n'était pas allumé avant, dit-elle.

— C'est exact. Chaque jour où tu le porteras, un autre segment s'allumera. Une fois qu'ils seront tous allumés, tu devras placer le médaillon dans le socle et le tourner dans le sens inverse des aiguilles d'une montre pour en transférer l'énergie vers ces sceaux, dis-je en désignant les joyaux incrustés dans le mur de pierre. Tu répéteras cela douze fois. Si tu y parviens, tout ceci prendra fin.

— Cette énergie... Le médaillon n'est pas en train d'aspirer mon âme ou quoi que ce soit du genre, n'est-ce pas ?

— Non, Astrid. Comme je te l'ai dit, le médaillon n'est pas censé te faire du mal.

— D'accord, dit-elle avec un soupir de soulagement. Ça a l'air assez simple. Je devrais pouvoir m'en sortir.

Je lui souris tristement.

— Pour notre bien à tous les deux, j'espère que tu le pourras.

CHAPITRE 4
ASTRID

Érik me fit visiter les parties ouvertes du château. La plupart d'entre elles étaient consacrées à ses fonctions royales. La salle du trône et la salle du conseil étaient celles où il passait le plus clair de son temps. Il y avait un boudoir que je pouvais utiliser à ma guise et l'une des bibliothèques privées les plus impressionnantes que j'aie jamais vues. Si les sujets des livres ne m'inspiraient guère, la qualité de leur fabrication et la beauté des enluminures m'incitaient à y revenir. La salle de bal était rarement utilisée, mais la salle de musique attenante allait devenir l'un de mes endroits préférés dans le château. Je maîtrisais la flûte et le clavecin, mais c'était la harpe que j'aimais le plus. Je passai de nombreuses soirées en compagnie d'Érik qui sirotait du rhum en m'écoutant jouer.

À la lumière du commentaire d'Érik, j'évitais les serviteurs. Je n'avais pas l'intention d'échouer, mais les mettre mal à l'aise ou lire de la pitié dans leurs yeux était la dernière chose dont j'avais besoin ou envie. Érik m'avait encouragée à explorer le château et à faire rouvrir toutes les pièces que je désirais, avec la Porte Scellée comme seule restriction.

Pendant les deux premières semaines, je suivis sa suggestion.

Ou plutôt, je le faisais lorsque je ne lisais pas, ne brodais pas ou n'écrivais pas de lettres à ma sœur. C'était moins effrayant à la lumière du jour. Cependant, les pièces poussiéreuses, renfermées et les meubles recouverts ne stimulaient pas vraiment mon enthousiasme. J'explorais une poignée de pièces, puis je répondais à l'appel de la cour et de ses fabuleux jardins.

En fin de compte, ce fut la galerie qui me fit sortir du château et m'ôta toute envie de l'explorer plus avant. Un mur entier avait été consacré aux anciennes épouses d'Érik, vingt-sept au total. À côté du portrait d'Arianne, sa dernière épouse, une plaque dorée indiquait le nom d'Astrid.

Je sentis mon visage se vider de son sang. Pourquoi avait-il déjà affiché mon nom sur le mur ? Érik était-il si certain que j'échouerais comme les autres ? Le défi avait été si facile à relever jusqu'à présent. Y avait-il autre chose qu'il m'avait caché ? Se lassait-il déjà de m'avoir comme épouse et comptait-il les jours jusqu'à ce que j'échoue ?

Alors que les pensées les plus horribles se succédaient dans mon esprit, les tableaux semblèrent prendre vie. Chaque ex-épouse me lançait un regard accusateur. Mais pourquoi le faisaient-elles ? Je n'avais rien à voir avec leur perte. Je clignai des yeux et secouai la tête, sachant que ce n'était que mon imagination qui me jouait des tours.

Cependant, je faillis bondir hors de ma peau lorsque quelque chose qui ressemblait à un rire de femme maléfique retentit soudain dans la pièce. Non, pas dans la pièce : dans ma tête. Le rire résonna puissamment, malicieux et moqueur.

Submergée par un sentiment de malheur imminent, je courus aveuglément hors du château, sans me soucier des cris de surprise et des regards inquiets des gardes et des serviteurs. Je ne pouvais plus respirer. Je devais m'enfuir. Cependant, la brûlure de mes poumons et des muscles de mes jambes m'obligea à m'arrêter. En observant mon environnement, je me rendis compte qu'il s'agissait d'une partie abandonnée de l'immense cour, au fond des jardins. Au loin, le château se profilait sous le soleil éclatant du milieu d'après-midi.

À quelques mètres de moi, une fontaine abîmée se dressait au milieu d'une végétation envahissante. Je m'assis à ses abords pour reprendre mon souffle. C'était idiot de ma part d'avoir réagi de la sorte. Il n'y avait pas eu de rire. Mon imagination débordante me jouait des tours.

J'observai mon banc de fortune. La mousse et les plantes grimpantes avaient réclamé ce qui avait sûrement été une belle œuvre d'art. Au milieu de la fontaine, la statue grandeur nature d'une sirène couronnée était assise sur le dos d'un cheval blanc muni d'une queue de poisson. Les yeux morts de la sirène semblaient également me dévisager. Mal à l'aise, je me levai et m'éloignai.

L'air était frais et délicatement parfumé par les fleurs sauvages qui m'entouraient. Le soleil me faisait l'effet d'une caresse chaude sur le visage. Ma sœur Kara me reprochait de m'exposer ainsi. Parmi mes nombreux défauts, ma peau olivâtre était loin du teint pâle que l'on considérait comme le summum de la beauté. Ma propension à rechercher le grand air et à marcher au soleil n'améliorait en rien ma situation – même si je m'en moquais un peu.

Je suivis un chemin de pierre caché par des arbres touffus et des broussailles. Je me demandais où il menait et pourquoi cette zone avait été laissée à la nature. Je ne tardai pas à tomber sur une serre abandonnée. La raison pour laquelle elle avait été construite si loin du château était un mystère. Malgré le fait que la porte ne fût pas verrouillée, il me fallut un certain effort pour l'ouvrir. Les gonds rouillés résistèrent et se plaignirent mais finirent par céder à ma persévérance.

Une forte odeur de terre humide et de feuilles pourries m'accueillit. Des plantes en pot mortes et la poussière recouvraient deux longues tables. D'autres pots pendaient à des poteaux métalliques le long du plafond de verre. Contre le mur du fond, une paire de chaises en fonte défraîchies reposait près d'un établi jonché d'outils de jardinage et de récipients divers. Je pris l'un des récipients scellés et le secouai doucement. Il semblait y avoir des graines à l'intérieur. J'ouvris les tiroirs latéraux de l'établi. L'un était vide et l'autre contenait davantage d'outils de jardinage. Le troisième était verrouillé. Intriguée, je cherchai la clé – en vain.

Déçue, j'explorai les alentours de la serre. Elle nécessiterait des travaux, mais il était possible de lui rendre sa splendeur d'antan. Faisant abstraction du fait qu'elle avait sans doute appartenu à l'une des précédentes épouses d'Érik, je commençai à élaborer les plans de ma nouvelle retraite botanique.

Quelques heures plus tard, je décidai qu'il était temps de retourner au château. Le soleil allait bientôt se coucher, et je ne voulais pas marcher dans les sous-bois dans l'obscurité.

Tormund m'accueillit à l'entrée d'un air manifestement soulagé.

— Votre Altesse, je suis heureux de voir que vous allez bien. Nous étions inquiets.

— Je suis désolée si je vous ai causé du souci. Mais pourquoi cette inquiétude ?

— Les serviteurs vous ont vue sortir du château en courant, apparemment bouleversée. On ne vous a pas revue pendant des heures. Tout va bien ?

Ma réaction hystérique devant ces portraits était embarrassante et il valait mieux l'oublier. Je hochai la tête avec un sourire que j'espérais rassurant.

— Oui, Maître Tormund. Tout va bien. J'avais besoin d'un peu d'air frais.

Il sembla vouloir insister mais, après une brève hésitation, il me tendit le bras.

— Le dîner sera bientôt servi. Je vais vous conduire à la salle à manger. Sa Majesté vous rejoindra sous peu.

J'acceptai son bras et le suivis en silence, regrettant de ne pas être rentrée plus tôt pour me rafraîchir. Si je prenais raisonnablement soin de mon apparence, je n'avais jamais été particulièrement coquette – jusqu'à présent. La façon dont Érik me regardait, ses yeux d'argent orageux de désir, m'inspirait les choses les plus délicieuses qui soient. Il n'avait pas menti le premier soir, quinze jours plus tôt, lorsqu'il avait laissé entrevoir l'étendue de son appétit sexuel. Mon mari était insatiable... et j'aimais ça.

Érik nous rejoignit au moment où nous atteignions la salle à manger. Tormund s'inclina et se retira tandis qu'Érik m'escortait jusqu'à ma chaise. Son regard m'indiqua qu'il avait entendu parler de mon escapade et que cela l'inquiétait. Deux serviteurs déposèrent sur la table un repas composé de venaison braisée, de légumes bouillis et de pain frais. Ils nous servirent du vin et laissèrent un carafon bien rempli près d'Érik avant de s'éclipser discrètement.

Érik leva son verre vers moi, et je lui rendis la pareille. Nous bûmes tous les deux avant de déguster les plats parfaitement assaisonnés.

— Comment s'est passée ta journée, Astrid ?

L'intensité de son regard démentait son ton décontracté.

— Elle a été... intéressante, répondis-je sans m'engager.

— J'ai entendu dire que tu étais contrariée.

Déplaçant les légumes autour de mon assiette avec ma fourchette, je me demandais si je devais dire la vérité sur ce qui m'avait poussée à sortir dans un état de panique.

— Éprouves-tu... des difficultés ?

Ses paroles et la tension dans sa voix me firent comprendre qu'il craignait que je ne sois déjà en train d'échouer.

— Non, Érik. Je ne ressens aucune compulsion à rompre mon serment.

Et je n'en éprouvais vraiment pas le désir. À part une légère curiosité, je n'avais pas la moindre envie de m'approcher de la Porte Scellée. Les yeux d'Érik oscillèrent entre les miens, évaluant la véracité de mes propos. Je soutins son regard sans broncher. Au bout d'un moment, il cligna des yeux, et sa tension sembla se dissiper.

— Bien, bien... Alors pourquoi t'es-tu enfuie ?

— J'ai vu mon nom dans la galerie.

Le silence qui s'installa entre nous était épais et empreint de malaise. Avec une expression indéchiffrable sur le visage, Érik vida son verre de vin, puis le remplit à nouveau à partir de la cruche.

— Ce n'est qu'un nom, Astrid.

— Un parmi tant d'autres, dis-je.

Il fronça les sourcils.

— Mais sois assuré, Érik, que j'ai l'intention que ce soit le dernier.

Une étrange expression traversa ses traits.

— Rien ne me ferait plus plaisir, Astrid. Reste fidèle à ta promesse, et il en sera ainsi.

Je hochai la tête. Nous continuâmes à manger calmement pendant un moment. Brisant le silence, je lui parlai de la serre abandonnée. À ma grande surprise, il ne s'opposa pas à ma requête de la restaurer.

— Demande à Tormund tout ce que tu veux qui soit fait. Il enverra les serviteurs exécuter le travail selon tes spécifications.

— En fait, je préfère le faire moi-même, dis-je. La seule aide dont j'ai besoin, c'est que quelqu'un remplace la porte rouillée et débroussaille le chemin qui y mène.

Son haussement de sourcils témoigna de son étonnement face à ma réponse.

— Comme tu le désires.

Repoussant son assiette, il se cala dans son siège.

— Veux-tu jouer à nouveau de la harpe pour moi ce soir ?

Mon visage se réchauffa de plaisir.

— Bien sûr, Érik. J'en serais ravie.

Le matin, Érik était d'une humeur encore plus étrange que la veille. À sa demande, j'avais joué de la harpe pendant près de deux heures. Ses yeux ne m'avaient pas quittée, comme s'il essayait de mémoriser mes traits. Cela avait été... troublant. Lorsqu'il avait enfin semblé satisfait, il m'avait emmenée dans notre chambre et m'avait fait l'amour avec une intensité qui frôlait le désespoir, et ce pendant des heures. Même si cela avait été incroyable, je ne pouvais pas nier être endolorie maintenant.

En ce moment même, il finissait de s'habiller avec une expression pensive, voire tourmentée. Incapable de supporter le malaise plus longtemps, je le confrontai.

— Qu'est-ce qui ne va pas, Érik ? Tu agis bizarrement.

— Je dois m'absenter quelque temps, me répondit-il, la voix impassible.

— Oh... Quand pars-tu ? Et pour combien de temps ?

— Dans l'heure qui suit. Je serai parti quinze jours.

Cette phrase me frappa de plein fouet. Je pressai une main sur ma poitrine, en état de choc. Ma détresse était due à bien plus que la perte de mon seul véritable compagnon. Il ne faisait aucun doute qu'il me manquerait. Mais avec le départ d'Érik, je serais complètement seule dans le château tous les soirs pendant les deux semaines à venir. Je secouai la tête en signe de dénégation.

— Tu ne peux pas me laisser toute seule. Emmène-moi avec toi.

Il serra la mâchoire et son regard se durcit.

— Je ne peux pas t'emmener.

— Pourquoi ? Je me ferai discrète. Tu ne remarqueras même pas ma présence.

— Non, Astrid. Je ne peux pas t'emmener parce que tu ne peux pas quitter l'enceinte du château. Pas avant la fin de l'année.

Je m'éloignai de lui en passant mes bras autour de ma taille.

— Que veux-tu dire par là ? Suis-je prisonnière ?

— D'une certaine manière, je suppose que tu l'es, dit-il.

Comme s'il ne pouvait supporter mon regard incrédule, Érik se détourna de moi et se tint près de la cheminée.

— Le médaillon ne peut pas quitter le royaume sans conséquences désastreuses, expliqua-t-il en regardant les braises mourantes. Et tu ne peux pas t'en séparer sans subir de terribles répercussions. En théorie, tu peux aller jusqu'à la ville de Revna pour quelques heures, mais pas plus longtemps avant de devoir revenir. Idéalement, le médaillon ne devrait jamais quitter l'enceinte du château.

Érik me fit face, son expression mêlant tristesse et culpabilité.

— Le domaine est vaste. Tu ne te sentiras pas confinée. Si jamais le médaillon émet une pulsation rose, tu devras retourner au château immédiatement.

— Mais je serai complètement seule, Érik ! Et s'il m'arrive quelque chose pendant la nuit ?

Érik émit un grognement, comme une bête enragée. Il s'approcha de moi et me tint la tête d'une main de fer.

— Il ne t'arrivera rien, tu m'entends ? dit-il en serrant les dents. Rien... Tu t'enfermeras dans notre chambre tous les soirs et tu t'endormiras. Rien ni personne ne pourra pénétrer dans le château sans qu'un garde ne l'attrape. Tu es en sécurité. Sois fidèle à ta parole et tout ira bien. Ce ne sont que quelques jours, et je reviendrai auprès de toi.

Je posai mes mains sur son torse musclé. Mes yeux oscillant entre les siens, inquisiteurs.

— Mais quelqu'un ne peut-il pas rester avec moi en ton absence ? Je ne veux pas être seule dans le château. J'ai peur.

Il secoua à nouveau la tête, et mon cœur se serra encore plus.

— Tu peux recevoir des invités pendant la journée, mais ils doivent être partis à la tombée de la nuit. Pour leur bien et le tien.

Un coup sec frappé à la porte de notre chambre me fit sursauter. Érik soupira et posa son front sur le mien.

— Ce ne sont que quelques jours, Astrid. Sois fidèle à ta parole, et je te reviendrai. Sois forte.

Je voulus argumenter, mais il me fit taire en m'embrassant passionnément avant de sortir. Courant après lui, je criai son nom devant la porte de notre chambre. Il ne se retourna pas et continua à marcher, Tormund le talonnant.

Appuyant mon front contre le chambranle de la porte, je pleurai.

~

Même avec les serviteurs qui circulaient pendant la journée, je ne supportais pas de rester dans le château. Je consacrai tout mon temps à la restauration de la serre et redoutai le silence oppressant qui m'attendait à la tombée de la nuit. Les trois premières nuits furent les pires, malgré les nombreux efforts de Tormund pour me rassurer. Le soir, il demandait aux serviteurs d'allumer toutes les bougies, tous les chandeliers et tous les candélabres dans toutes les parties du château que je pourrais traverser ou dans lesquelles je pourrais pénétrer pendant la nuit. Ils continuaient à brûler jusqu'à ce que les serviteurs les éteignent au matin. C'était un énorme gaspillage, et je me sentais coupable de dilapider des ressources de la sorte. Mais il était hors de question que je reste dans le château désert avec les ombres terrifiantes qui se refermaient autour de moi.

Je verrouillai la porte de ma chambre et calai une chaise sous la poignée. Allongée dans mon lit, mon esprit devenait mon pire ennemi. Il évoquait des monstres fantastiques qui rôdaient devant ma porte, transformait le moindre son en murmures démoniaques, et chaque objet ou ombre en bête infernale ayant pour mission de voler mon âme.

Le crépitement d'une bûche se brisant dans l'âtre me réveilla en sursaut. Réalisant que j'avais réussi à m'assoupir, je portai mon regard sur la porte pour m'assurer que la chaise y était toujours bien calée. C'était le cas. La faible lumière du feu de foyer me permettait de distinguer la forme de certains objets décoratifs posés sur la commode en face du lit. L'un d'eux ressemblait à une tête humaine qui me faisait face.

Plus je la fixais, plus elle se précisait. Je savais que c'était mon imagination qui me jouait des tours, mais les battements de mon cœur refusaient de laisser tomber. Me levant du lit – mes yeux ne quittant pas la « tête » – je m'emparai du chandelier qui se trouvait sur ma table de chevet et m'approchai prudemment de l'objet de mes craintes. C'était un vase orné. Je me sentis comme une idiote et retournai au lit.

Quelques instants plus tard, même si je savais que ce n'était qu'un vase, mes yeux ne cessaient d'y revenir. Avec un grognement exaspéré, je me relevai, ramassai le vase et le cachai dans le placard. En retournant au lit, je fis une pause, pris une chaise et la coinçai sous la porte du placard. Le sommeil ne vint pas rapidement après cela, mais je me sentais mieux. Il me faudrait cependant remettre le vase à sa place au matin, pour éviter toute explication gênante aux domestiques.

Les deux nuits suivantes furent une répétition de la première. Mais la quatrième nuit, la chose la plus étrange se produisit. Je me réveillai et découvris une belle femme aux longs cheveux blonds assise sur le canapé devant la cheminée. Comment avait-elle pu pénétrer dans ma chambre alors que la chaise était toujours coincée sous la poignée de la porte ? Sa présence aurait dû m'effrayer, mais pour une raison ou une autre, ce ne fut pas le cas. Je me redressai dans mon lit, mes yeux ne quittant pas l'intruse.

— Ah, vous êtes enfin réveillée, dit la femme.

— Qui êtes-vous et que faites-vous dans ma chambre ?

— Je m'appelle Traxia et je suis une amie.

Traxia portait un uniforme de servante, mais je ne me souvenais pas avoir déjà vu une telle beauté parmi le personnel. Je rabattis les couvertures et m'assis au bord du lit.

— Que voulez-vous ? demandai-je, la tension s'insinuant dans ma voix. Vous ne devriez pas être ici après la tombée de la nuit. Ce n'est pas sûr.

— Vous avez raison, votre Altesse, mais c'était ma seule opportunité de vous parler à l'abri des regards et des oreilles indiscrètes, dit Traxia. J'ai une proposition à vous faire qui pourrait être très bénéfique pour nous deux.

Je devins immédiatement méfiante.

— Quel genre de proposition ?

— Je sais où trouver certains des trésors perdus des navires marchands qui ont coulé pendant les années où le kraken menaçait nos côtes, dit Traxia, les yeux brillants d'excitation. Ensemble, nous pourrions les récupérer et partager le butin. Il y a une fortune à gagner.

— Pourquoi me dire cela ? S'il y a une telle richesse à portée de main, pourquoi ne pas la garder pour vous ? Je ne tentai pas de cacher le scepticisme de mon ton.

— Votre méfiance est à la fois sage et compréhensible, votre Altesse, dit Traxia d'un ton conciliant. Je réagirais sans doute de la même façon. Si je vous confie cela, c'est parce que le seul moyen d'y accéder est de passer par les donjons. Les gardes se méfieront si j'y vais seule pendant la journée, et je ne suis pas censée être dans le château la nuit.

— Vous auriez pu en parler au Roi Érik et réclamer la récompense du découvreur, dis-je, toujours mal à l'aise face à cette femme.

Traxia s'ébroua.

— La récompense du découvreur permettrait de nourrir ma famille pendant quelques mois, au mieux. L'intégralité du trésor permettra à ma famille de vivre dans le luxe pendant des générations.

Elle se leva du canapé et fit quelques pas vers moi. Je me crispai et me levai du lit pour me mettre dans une position moins vulnérable.

— Avec votre part, votre famille n'aura plus jamais à s'inquiéter de ses finances. Votre gage de mariée n'a fait qu'empêcher votre père et votre sœur de se retrouver dans la misère. Mais votre sœur doit accepter la première proposition décente qu'elle recevra, sinon elle finira par vivre en comptant chaque centime dans les années à venir.

Elle avait raison. Je ne connaissais pas le montant du gage de la mariée, mais cet argent allait devoir être dépensé avec parcimonie jusqu'à ce que ma sœur Kara se trouve un bon mari. C'était une offre alléchante, mais quelque chose chez Traxia me déplaisait.

— Comment avez-vous réussi à passer les gardes ? Personne n'est autorisé à entrer dans le château après le coucher du soleil.

Elle me lança un regard vide.

— Je me suis cachée à l'intérieur du château quand tout le monde est parti. Mais...

Je pointai du doigt la chaise qui bloquait encore la poignée.

— Comment êtes-vous entrée dans ma chambre alors que la porte est bloquée ?

— Quelle importance ? s'insurgea Traxia. Nous devons aller chercher ce trésor. Je n'aurai pas d'autre occasion de le faire. Alors, pouvons-nous...

— Non, nous ne le pouvons pas. Je veux que vous sortiez de ma chambre immédiatement.

Je me dirigeai vers le cordon pour sonner la cloche qui convoquerait les gardes.

— Espèce de vache stupide, grogna Traxia avant de se jeter sur moi.

Je reculai d'un pas et levai les mains pour me protéger. Dans ma précipitation, je trébuchai et me sentis tomber. Mon cri me réveilla en sursaut. Le cœur battant, il me fallut un moment pour réaliser que ce n'avait été qu'un rêve. Je ne dormis pas le reste de la nuit.

Ce matin-là, je fus complètement épuisée et finis par dormir la moitié de la journée. Je me réveillai enfin en début d'après-midi. Après un petit déjeuner rapide, je me rendis à la serre, me réprimandant tout au long du trajet. Mes peurs irrationnelles me rendaient folle et il était temps d'y mettre fin. Trois nuits et il ne s'était rien passé d'autre que de me maintenir éveillée dans un état frénétique. Je me jurai de chasser toute pensée idiote de mon esprit. À défaut, je m'occuperais à lire ou à broder plutôt que de succomber à des imaginations saugrenues.

Les ouvriers affectés à la serre par Tormund avaient fait un excellent travail de débroussaillage. La porte rouillée avait été remplacée par une porte neuve et brillante, et les murs et le plafond en verre étaient étincelants. Des pots et des outils de jardinage tout neufs reposaient sur l'établi. J'avais hâte de découvrir les plantes qui allaient germer des graines contenues dans les récipients scellés. Je pris de la terre fraîche dans le chariot qui se trouvait à l'extérieur et me mis au travail.

Au bout d'une heure, je me tournai pour prendre la truelle sur l'établi. Mon attention fut attirée par le tiroir verrouillé lorsque le reflet du soleil scintilla sur sa poignée dorée. Curieuse de savoir ce qu'il pouvait contenir, j'utilisai mon épingle à cheveux sertie de joyaux dans le trou de la serrure pour le forcer à s'ouvrir. J'étais sur le point d'abandonner lorsqu'un cliquetis sec m'indiqua que j'avais réussi. Poussant un cri de joie, j'ouvris le tiroir avec précaution. Il grinça, le bois ayant gonflé sous l'effet de l'humidité et du manque d'usage. À l'intérieur se trouvait le trésor le plus inattendu.

Un médaillon pendait au bout d'une longue et délicate chaîne en or. Sur l'une des faces du médaillon, une sirène aux cheveux ondulés et coiffée d'une couronne enroulait sa queue autour d'une pierre précieuse circulaire étrangement semblable à celle de mon médaillon en forme de coquillage. Sur l'autre face, il y avait un cheval cabré à longue crinière et doté d'une queue de poisson. Les nageoires de sa queue en constituaient le fermoir. La sirène et le cheval de mer étaient manifestement les mêmes que ceux de la fontaine brisée.

Fronçant les sourcils, j'ouvris le médaillon et mon souffle s'étrangla dans ma gorge lorsque je contemplai les deux portraits miniatures qui s'y trouvaient. D'un côté, une belle femme aux yeux argentés, aux cheveux bleu nuit et coiffée d'une couronne de coraux et de pierres précieuses souriait. De l'autre côté, un homme ressemblant étrangement à Érik, à l'exception de ses cheveux blond foncé et de ses yeux bleus, me fixait.

Ce n'étaient pas les parents d'Érik. Son père, feu le roi Brandt Thorsen, avait eu les cheveux bruns et les yeux verts. Lorsque sa mère, la reine Dagmar, aux cheveux noirs et aux yeux bruns, avait donné naissance à Érik, beaucoup s'étaient interrogés sur sa fidélité à son mari. Malgré la couleur inhabituelle de ses cheveux et de ses yeux, la ressemblance d'Érik avec le roi Brandt, à mesure qu'il grandissait, fit rapidement disparaître tout doute quant à sa légitimité.

Ses parents étaient décédés dix-huit ans plus tôt, lorsque leur navire avait été attaqué et coulé par un kraken. C'était la première fois depuis qu'un Thorsen était monté sur le trône, plus de quatre-vingts ans auparavant, que la mer s'était retournée contre nous. Au cours des quatre années qui suivirent leur mort, la créature terrorisa le jeune royaume des Îles de Rathlin et faillit nous mettre à genoux. À l'âge de dix-neuf ans, Érik était parti en mer pour affronter la bête. Beaucoup d'hommes de valeur périrent ce jour-là, mais Érik revint triomphant... et maudit. On ne savait pas exactement qui lui avait jeté cette malédiction. Certains affirmaient qu'il s'agissait d'une sorcière des mers qui considérait le kraken comme son animal de compagnie. On savait seulement qu'à partir de ce jour, Érik devait être marié et que sa femme avait un an pour briser la malédiction ou mourir en essayant. S'il restait célibataire plus de quatre-vingt-dix jours, le kraken resurgirait.

Ainsi, au cours des quatorze dernières années, il avait vu ses épouses échouer les unes après les autres. Refermant le médaillon, je repris la longue marche vers le château et me promis de réussir.

CHAPITRE 5
ÉRIK

Les deux dernières semaines furent un véritable enfer pour moi. J'avais appris il y a des années que laisser ma jeune épouse seule si peu de temps après notre union par mains liées se solderait probablement par une tragédie. Mais j'étais le roi des Îles de Rathlin et je ne pouvais pas me soustraire à mes responsabilités diplomatiques, même pour ma jeune épouse. Mon Astrid...

Je commençais à m'attacher à elle plus que la sagesse ne le dictait. La façon dont je l'avais laissée quinze jours plus tôt me faisait honte. Pour être honnête, j'avais tardé à l'informer de mon départ pour lui accorder une dernière nuit paisible... non pas que je l'aie laissée dormir. J'aurais dû lui annoncer la nouvelle avec plus de douceur, lui donner le temps d'assimiler et d'accepter. Au lieu de cela, j'avais fui comme un poltron. Sa détresse avait été insupportable, surtout sachant que je ne pouvais rien y faire.

Une fois encore, je me demandai si je n'aurais pas dû lui expliquer la nature du mal qui se cachait au-delà de la Porte Scellée. Cependant, j'avais déjà essayé de le faire avec quelques-unes de mes épouses précédentes, avec des résultats catastrophiques. Certaines m'avaient évité une fois qu'elles avaient découvert ma véritable nature et s'étaient battues seules dans une bataille perdue d'avance. D'autres, une fois qu'elles avaient compris la menace, la voyaient partout, même là où elle ne se trouvait pas. Et quand elles ne la voyaient pas, elles la recherchaient, se rendant encore plus vulnérables à son attrait.

Astrid était différente de mes précédentes épouses ; plus perspicace, plus déterminée et incroyablement forte sous ses airs de douceur. Peut-être pourrait-elle supporter la vérité, mais je n'osais pas m'y risquer.

Depuis mon départ, chaque jour, chaque heure, chaque minute, mes yeux fixaient la bague à mon doigt, redoutant le moment où sa pierre précieuse annoncerait l'échec d'Astrid. Mais la pierre iridescente conservait heureusement son éclat blanchâtre. La première semaine passée, j'avais repris espoir. La treizième nuit, j'avais veillé sur le pont alors que nous rentrions à la maison sur une mer huileuse, rendue plus sombre par un ciel sans lune. Nous avions bien avancé et serions rentrés un jour plus tôt que prévu. Ce ne fut que lorsque les premiers rayons du soleil levant brûlèrent à l'horizon que je crus enfin que je ne la perdrais pas – du moins pas tout de suite.

L'intensité de mon bonheur me laissa perplexe. Certes, je ne voulais pas être veuf une fois de plus... ni jamais d'ailleurs. Mais c'était l'idée de garder Astrid en particulier qui faisait vibrer mon cœur. La force de mon attirance pour elle, la faim vorace qu'elle suscitait en moi me déconcertaient. Elle ne correspondait pas exactement à mon type habituel.

J'aimais les femmes d'une beauté saisissante, grandes, minces, aux cheveux et à la peau pâles, sophistiquées, audacieuses et farouches. Étrangement, Hilda correspondait parfaitement à ce profil, et pourtant je ne pouvais pas la supporter, ni l'idée de la toucher. Astrid n'était pas petite, mais je la dépassais d'une bonne tête. Elle n'était pas une beauté, mais ses traits étaient séduisants. Ma nouvelle épouse était délicieusement plantureuse, avec une peau soyeuse et dorée, des lèvres pulpeuses, des seins pleins et un postérieur des plus parfaits. Rien que de penser à elle, le sang me montait à l'aine.

Mais ses attributs physiques n'étaient pas la seule raison pour laquelle je m'étais pris d'affection pour elle. Même si elle n'était pas aussi hardie et directe qu'Hilda, Astrid n'était ni mièvre ni timide. Elle possédait une force tranquille et une élégance sereine, teintée d'une détermination farouche et d'une loyauté inébranlable envers ceux qu'elle aimait. Sa compréhension de la réticence des serviteurs à se lier à elle et la façon dont elle relevait le défi m'impressionnaient. La regarder jouer de la harpe pour moi m'hypnotisait. Et dans quelques heures, j'aurais à nouveau l'occasion d'éprouver ce plaisir.

Dès que nous atteignîmes le rivage, je m'empressai de descendre du bateau. J'enfourchai mon cheval, impatient de surprendre Astrid par mon arrivée précoce. Bien que déconcertés par mon impatience inhabituelle, mes gardes me suivirent en silence. Lorsque j'atteignis l'entrée du château, Tormund dévala les escaliers à ma rencontre. Avant que je ne puisse descendre de ma monture, il m'informa qu'Astrid se trouvait dans la serre. Je fis signe à mes gardes de rester et me dirigeai vers celle-ci. Une fois sur le sentier déblayé, je descendis de cheval, l'attachai à un arbre et parcourus le reste de la distance à pied.

Debout près de la porte vitrée, j'observai ma femme à travers la fenêtre. Ses lèvres bougeaient et je pouvais faiblement entendre la mélodie qu'elle chantait. Elle portait une tunique beige brodée de bronze et d'or. Ses cheveux blonds tombaient librement dans son dos. J'avais envie d'enfouir mon visage dans leur douceur et de respirer son parfum de lavande. Astrid finit de ranger les pots de germination sur l'une des tables, puis recula d'un pas pour admirer son travail.

Ce ne fut qu'à ce moment-là qu'elle me remarqua enfin.

Surprise, elle porta une main à sa poitrine, juste sous le médaillon en forme de nautile qui brillait d'un halo lumineux. Son expression stupéfaite se transforma en un bonheur si pur que mon cœur se serra dans ma poitrine. J'ouvris la porte et me dirigeai vers elle. Les yeux d'Astrid s'embuèrent. Ses lèvres formèrent les syllabes de mon nom sans qu'aucun son ne s'en échappe. Elle franchit la distance restante en courant et se jeta dans mes bras.

J'écrasai ses lèvres d'un baiser brutal. L'odeur de lavande fraîche qui m'avait tant manqué emplit mes narines. J'enlaçai son corps voluptueux tandis que ma langue envahissait sa bouche. Elle enfouit ses mains dans mes cheveux et en agrippa les mèches presque douloureusement. Gémissant de plaisir, elle pressa sa poitrine contre la mienne. Mes mains glissèrent jusqu'à son postérieur et la maintinrent fermement contre mon membre qui durcissait. Délaissant sa bouche, je couvris son visage de baisers.

— Érik, j'ai besoin de toi, chuchota Astrid, la voix rauque de désir.

— Astrid... gémis-je d'une voix affamée lorsqu'elle s'agrippa à mes vêtements.

— J'ai besoin de toi, Érik. Tout de suite !

Elle faufila ses mains sous ma tunique et tira sur le cordon de mon pantalon. Son visage était rouge et sa respiration haletante. La lueur intense de ses yeux ambrés, assombris par le désir, envoya des pulsations de luxure à travers mon membre, me rendant fou. Je la soulevai dans mes bras et elle passa ses jambes autour de ma taille. Dévorant sa bouche dans un autre baiser passionné, je la portai à l'arrière de la serre.

Je m'arrêtai devant l'établi et balayai sa surface de la main, jetant au sol quelques outils de jardinage et un petit arrosoir. Mon esprit éperdu de désir perçut à peine le bruit du métal frappant le sol et des éclaboussures d'eau.

J'assis Astrid au bord de l'établi et baissai le haut de sa robe pour aspirer un mamelon érigé dans ma bouche. Elle gémit de plaisir et se démena pour soulever la longue jupe de sa robe.

— Je te veux en moi, Érik. Maintenant... Prends-moi, maintenant !

Sans cesser de sucer et de lécher la succulente friandise, je l'aidai à relever sa jupe. Astrid souleva son postérieur de l'établi pour me permettre d'ôter ses dessous. S'appuyant sur ses avant-bras, elle posa ses pieds sur l'établi, s'écartant largement pour moi. Je glissai deux doigts dans sa fente tout en libérant fébrilement mon membre trépidant des confins de mon pantalon. Elle était toute mouillée.

Astrid cria mon nom lorsque mon pouce effleura le bouton engorgé entre ses jambes. Sa voix incroyablement sulfureuse, l'odeur enivrante de son musc et l'urgence avec laquelle elle me touchait me firent perdre la tête. Je rapprochai ses hanches du bord de la table et enfonçai mon membre dans son écrin accueillant d'un seul puissant coup de reins.

Je la pénétrai à un rythme effréné. Nos gémissements et nos cris de plaisir ne parvenaient pas à étouffer le grincement de l'établi sous mes assauts frénétiques, ni le tintement des récipients de semences posés dessus.

— Astrid... Mon Astrid... Tu m'as tellement manqué.

Elle cria en explosant autour de mon membre. Ses parois intérieures se resserrèrent sur moi, mais je n'étais pas prêt à jouir, loin de là. J'avais encore trop envie d'elle. Pendant qu'elle chevauchait son orgasme, je continuais à me balancer d'avant en arrière dans sa chaleur brûlante, à caresser ses seins avec ma langue et à mordiller ses mamelons.

Elle était magnifique, les cheveux éparpillés, les yeux brillants et les lèvres gonflées par mes baisers. Même sous l'emprise de son orgasme, sa simple vue transformait mon sang en lave en fusion. Lorsqu'elle sembla avoir repris ses esprits, je me retirai d'elle. Après avoir remis Astrid debout, je la retournai et la fis se pencher sur l'établi. Enfouissant mon membre jusqu'à la garde, je la pilonnai avec une vigueur renouvelée.

Astrid cria mon nom, encore et encore, comme un mantra.

Les paumes posées à plat sur l'établi, elle se cambra contre moi. Je caressais son sein d'une main tandis que l'autre se glissait entre ses cuisses pour frotter son clitoris engorgé. Le bruit du verre se brisant lorsqu'un des récipients scellés tomba de l'établi se mêla à nos halètements de plaisir.

La sueur dégoulinait dans mon dos à cause de l'effort et du soleil brûlant du début de l'après-midi à travers le plafond de verre. Les jambes d'Astrid se mirent à trembler et je sentis ses parois intérieures se contracter autour de mon membre. Elle était sur le point de chavirer à nouveau et j'allais le faire avec elle.

Mes mouvements devinrent erratiques tandis que des spirales de plaisir se déchaînaient en moi. Astrid cria et s'appuya violemment contre moi alors qu'elle était encore une fois emportée par la plénitude. Je rugis en réponse lorsque mon propre orgasme s'empara de moi. Mon membre profondément enfoui, je déversai ma semence en elle par petits jets jouissifs. Je la serrai contre moi, couvrant son cou et son dos de doux baisers.

Elle s'effondra sur l'établi et je me penchai sur elle, appuyant mon poids sur mes avant-bras de part et d'autre. Astrid tourna son visage sur le côté et je lui caressai la joue et le cou de la pointe de mon nez. Nous savourâmes cette étreinte intime en silence, tout en reprenant notre souffle. Finalement, je me retirai d'elle. Je me relevai, me remis dans mon pantalon et aidai Astrid à réajuster ses vêtements.

— Wow, dis-je en regardant la zone sinistrée que nous avions créée autour de l'établi.

— Bienvenue à la maison, murmura Astrid avec un sourire coquin.

Gloussant, je frottai mon nez contre le sien.

— C'est bon d'être à la maison.

L'absence du corps chaud d'Astrid contre le mien me réveilla. Elle était assise sur le canapé devant l'âtre, fixant sans les voir les braises qui s'éteignaient. Ses doigts jouaient distraitement avec le médaillon en forme de nautile accroché à son collier. Maintenant complètement chargé, il brillait comme un soleil miniature. Fronçant les sourcils, je me redressai et me demandai quelles sombres pensées l'avaient poussée à quitter notre lit. Le mouvement la tira de ses réflexions. Elle se tourna vers moi. L'expression sereine de son visage apaisa une partie de mes craintes.

— Hé, dit-elle avec un doux sourire.

— Hé, répondis-je en souriant à mon tour.

Je me levai du lit et allai m'asseoir à côté d'elle.

— Tout va bien ?

Hochant la tête, Astrid se blottit contre moi. Elle souleva le médaillon et me le montra.

— Il brille tellement qu'il m'a réveillée. Je suppose qu'il est prêt maintenant ?

— Oui, ma chérie, dis-je d'une voix douce. Tu as terminé le premier mois. Avant la tombée de la nuit, tu devras activer le premier sceau.

— Pouvons-nous le faire maintenant et se débarrasser de cette épreuve ? Je ne veux pas passer une journée entière à attendre avec anxiété le moment où je devrai à nouveau toucher cette porte.

— Absolument, Astrid. On peut faire tout ce qui te met le plus à l'aise.

Je caressai ses cheveux soyeux et déposai un doux baiser sur sa tempe.

Nous nous habillâmes en silence et nous dirigeâmes vers le donjon. Nos pas résonnaient dans les couloirs vides car les serviteurs n'étaient pas encore arrivés. Cependant, le silence n'était pas inquiétant. Le soleil levant était encore bas sur l'horizon, et avec lui, un sentiment de paix – d'espoir ? – s'installa en moi. Je jetai un coup d'œil à Astrid. Elle marchait d'un pas décidé, un air de détermination sur son joli visage.

La fierté et la gratitude fleurirent dans mon cœur. Pour la plupart de mes épouses précédentes, ce premier sceau avait été une épreuve en soi. Il les forçait à interagir avec l'objet même qu'elles étaient tenues d'éviter au péril de leur vie.

La tentation avait conquis certaines de mes épouses précédentes dès qu'elles avaient vu le collier et entendu parler de la porte. La plupart des autres avaient commencé à montrer les premiers signes de faiblesse à son attrait dès la deuxième semaine. Pendant tout le mois qui avait suivi son arrivée, Astrid n'avait ressenti aucune compulsion, pas même pendant les nuits où elle s'était retrouvée complètement seule dans le château. Je ne voulais pas y voir plus qu'il n'y avait, mais mon esprit avait une volonté propre.

Nous descendîmes les escaliers du donjon et nous dirigeâmes vers la Porte Scellée. Astrid s'arrêta à quelques mètres de celle-ci et se tourna vers moi en quête de conseils. Je m'approchai d'elle et lui indiquai la face du médaillon avec la pierre précieuse pulsante.

— Tu dois placer le médaillon ici, dis-je en montrant le renfoncement en forme de nautile dans la porte. Le côté orné de pierres précieuses doit être orienté vers l'intérieur, puis tu le tournes dans le sens inverse des aiguilles d'une montre. Rappelle-toi, *toujours* à gauche. Le tourner dans le sens des aiguilles d'une montre signifie la mort. Cela libérerait les sceaux et ouvrirait la porte.

Astrid frémit à mes paroles et déglutit péniblement. D'un hochement de tête rigide, elle fit face à la porte. Elle ne put cacher le léger tremblement de sa main lorsqu'elle la leva pour placer le médaillon dans le socle, mais elle ne fléchit pas. Un léger halètement lui échappa lorsqu'une lueur chatoyante pulsa pendant quelques secondes le long des reliefs en forme de vigne sur la face de la porte, puis s'éteignit.

Astrid s'humecta les lèvres nerveusement puis tourna le médaillon selon mes instructions. La vrille sculptée la plus basse qui jaillissait de son socle du côté gauche de la porte se remplit lentement d'une lumière argentée. Elle se répandit jusqu'au cadre de la porte et au sceau inférieur encastré dans le mur de pierre l'entourant.

Le premier sceau prit vie, se remplissant de lumière en absorbant l'énergie du médaillon. Astrid gémit, comme sous l'effet de la douleur. Soudain instable sur ses jambes, elle plaqua une main sur la face de la porte pour se soutenir. Je la regardai, impuissant, appuyer son front sur la porte avec un gémissement et commencer à haleter. Malgré ses jointures blanches et sa main qui tremblait visiblement, elle tenait toujours fermement le médaillon en place dans le socle. Enfin, une lueur aveuglante et un cliquetis caverneux indiquèrent que le transfert était terminé.

Elle avait pleinement activé le premier sceau.

Astrid poussa un soupir de soulagement et faillit s'effondrer contre la porte. Maintenant que le processus était terminé, je pouvais enfin l'entourer de mes bras pour la soutenir. Elle s'appuya contre moi. L'expression de son visage était un mélange d'épuisement et de gratitude.

— C'est fait, ma chérie, dis-je avant d'embrasser doucement son front. Tu peux enlever le médaillon.

Elle hocha la tête d'un air groggy et retira le nautile du socle. Je la pris dans mes bras et ma femme se blottit contre moi, presque en position fœtale, le visage enfoui dans mon cou. Après avoir jeté un dernier coup d'œil à la Porte Scellée, je me retournai et me dirigeai vers les escaliers pour quitter le donjon.

Tormund se tenait sur le palier, un air inquiet sur le visage. Je lui adressai un sourire rassurant et il se détendit. Un rapide coup d'œil sur le médaillon, dont l'éclat était désormais éteint, posé sur la poitrine d'Astrid, lui apporta toute la confirmation dont il avait besoin. Tormund me fit une courte révérence avant de s'écarter, mais ses yeux étaient rivés sur le visage d'Astrid. En vérité, c'était elle qu'il remerciait.

Le dépassant, et sous les regards curieux mais discrets des serviteurs qui commençaient à arriver pour travailler, je ramenai ma femme dans notre chambre.

CHAPITRE 6
ASTRID

Deux semaines après avoir activé le premier sceau, je quittais enfin la prison qu'était devenu le château pour moi. Après avoir beaucoup prié et supplié par le biais des lettres que j'avais échangées avec ma sœur, j'avais finalement convaincu Kara de me rejoindre en ville pour prendre le thé. Malgré sa réticence évidente, Tormund avait chargé deux gardes d'escorter mon carrosse.

Je détestais le fait d'aller là-bas sans prévenir Érik. Il était parti tôt ce matin-là pour une visite officielle dans une ville voisine. Certes, je l'avais informé de mes efforts pour rencontrer ma sœur, mais comme notre père lui avait interdit de venir au château, nous avions trouvé une solution de rechange. Kara avait dû trouver l'occasion parfaite pour faire croire que nous nous étions « accidentellement » rencontrées sans que Père ne soit dans les parages, de peur qu'il ne l'emmène sur-le-champ.

La note était arrivée à peine trois heures après le départ d'Érik, m'enjoignant de la retrouver chez la modiste en ville. Je ne perdis pas de temps. Après avoir troqué ma tenue décontractée contre une robe plus adaptée à mon rang, je sautai dans la calèche et me dirigeai vers la ville de Revna. D'après mon mari, je ne pouvais pas m'absenter plus de quatre heures de l'enceinte du château. Sachant qu'il y avait quarante minutes de calèche dans chaque sens, je n'aurais que deux maigres heures avec ma sœur. Mais c'était mieux que rien.

J'avais également hâte d'être à nouveau entourée de gens, de voir des visages familiers au lieu des serviteurs distants qui couraient dans tous les sens. Une partie de moi voulait faire un petit détour pour voir le père Osvald. Mais avec si peu de temps à passer avec ma sœur, cela ne me paraissait pas raisonnable.

Mon cœur s'emballa lorsque les silhouettes des grands bâtiments de bois et de pierre de Revna commencèrent à se dessiner à l'horizon. Bientôt, le bruit des sabots des chevaux sur les routes pavées et le grincement des roues des chars emplirent l'air, accompagnés par un bourdonnement de voix. Un sourire s'installa sur mon visage en entendant les marchands interpeller bruyamment les passants pour les attirer dans leurs étals ou leurs boutiques. Dire que cela m'agaçait auparavant. Maintenant, j'aurais pu les écouter toute la journée.

Je me penchai en avant sur mon siège pour regarder par la fenêtre et me délecter du paysage familier. Les rues étaient encore bien trop bondées. Les mêmes devantures de magasins qu'auparavant avaient désespérément besoin d'une nouvelle couche de peinture, tandis que d'autres auraient nécessité une dose ou deux – ou dix – d'humilité et de simplicité. Les mêmes arômes délectables me parvinrent alors que nous approchions de l'une des plus grandes boulangeries de Revna. J'allais devoir prendre quelques douceurs sur le chemin du retour.

À la façon dont je me rassasiais les yeux, on aurait pu croire que j'avais été « piégée » dans le château pendant un an plutôt qu'un mois et demi. Mais j'avais appris à mes dépens que nous tenions beaucoup trop de choses pour acquises. Ce n'était qu'après avoir perdu quelque chose que l'on en appréciait vraiment la valeur.

Dans mon excitation, il me fallut un moment pour remarquer

le changement d'humeur de la ville. Toute cette activité enthousiaste et le bruit qui l'accompagnait s'étaient progressivement transformés en un silence curieux, à mesure que de plus en plus de gens réalisaient quel carrosse venait d'arriver en ville. Mon estomac se noua tandis que de nombreuses conversations s'interrompaient, que tous les regards se tournaient vers mon véhicule, que certaines personnes pointaient dans ma direction et se penchaient pour chuchoter à l'oreille de leurs amis.

Je m'affaissai sur mon siège, ma joie refroidie par une réaction à laquelle j'aurais dû m'attendre. Je m'étais toujours targuée d'être observatrice, de savoir juger le caractère des gens et d'avoir une assez bonne intuition quant à leur comportement. Cependant, les dernières semaines passées au château semblaient m'avoir fait pencher plus du côté des vœux pieux que de la réalité.

Toutefois, à dire vrai, la malédiction qui pesait sur moi n'était pas entièrement responsable du changement d'attitude des gens. J'étais la reine à présent, et ils étaient mes sujets. Rien que pour cela, ils ne s'approcheraient plus de moi avec désinvolture et ne me parleraient plus comme avant.

Je choisis d'en faire la raison de ce silence.

Mon carrosse s'arrêta devant la boutique de Tora. Mon cœur se réchauffa à l'idée que Kara puisse enfin rafraîchir sa garderobe dans l'établissement de l'une des meilleures couturières de Rathlin. Cela faisait des années que nous n'avions pas pu nous offrir de nouveaux vêtements – ou quoi que ce soit d'autre d'ailleurs.

Mais là où d'autres nous avaient complètement rejetées pendant notre période de difficultés, Tora avait quand même consenti à réparer et à modifier certaines de nos tenues pour leur donner une seconde vie. Cela me faisait extrêmement plaisir que Kara choisisse de lui rendre sa gentillesse en lui offrant un patronage bien rémunéré, maintenant que les finances de notre famille s'étaient rétablies.

Un garde ouvrit la porte du carrosse pour m'aider à descendre. Je ne reculai pas devant les badauds. Croisant le regard de ceux qui s'étaient rapprochés de la boutique pour me voir de plus près, je souris et hochai la tête d'une manière que j'espérais amicale mais royale. Par-dessus tout, je voulais qu'ils voient que la malédiction n'avait aucun pouvoir sur moi. À en juger par l'air surpris – voire impressionné – de nombreux visages, je voulais croire que j'avais réussi. À tous égards, il s'agissait d'une guerre psychologique.

Les portes de la boutique s'ouvrirent bien avant que je ne l'atteigne. Tora, une petite brune rondelette d'une quarantaine d'années, multiplia les courbettes en me faisant signe d'entrer.

— Votre Majesté honore mon humble boutique de sa présence. Je vous en prie ! Je vous en prie, entrez. Votre sœur est déjà à l'intérieur pour quelques essayages, dit Tora, la voix pétillante d'excitation.

— Merci, Tora, lui dis-je gentiment. C'est un plaisir de vous revoir.

L'un des gardes entra pour une inspection rapide de l'intérieur, en particulier de la zone principale où plusieurs mannequins présentaient des robes sophistiquées et où des étagères contenaient des rouleaux des tissus des plus luxueux et des plus exotiques. Il repartit presque immédiatement pour nous accorder un peu d'intimité.

Alors que dans de nombreux autres pays, les monarques avaient souvent besoin d'une protection renforcée par crainte de ceux qui pourraient tenter de les assassiner, je n'avais certainement aucune crainte de ce genre à Rathlin. Les citoyens ne me voulaient aucun mal. Ma survie signifiait la leur et la paix pour le royaume.

Mais ces pensées s'évanouirent de mon esprit dès que Tora me conduisit à travers la boutique jusqu'à l'un des deux salons privés situés à l'arrière. La porte s'ouvrit pour révéler ma sœur, superbe dans une robe vert foncé ornée de broderies dorées sur le corsage, les manches longues et l'ourlet de la jupe. Kara se détourna du miroir dans lequel elle s'admirait pour voir qui venait d'entrer.

Le même bonheur qui remplissait mon cœur en voyant son visage bien-aimé illuminait ses traits.

— Astrid ! s'exclama Kara avant de courir vers moi.

Je fis de même et nous nous rencontrâmes à mi-chemin, nous heurtant plutôt brutalement l'une l'autre. Nous nous étreignîmes avec une sorte de désespoir. Par les dieux, comme elle m'avait manqué ! Même si nos personnalités n'auraient pas pu être plus différentes, Kara et moi avions toujours été inséparables en grandissant. Notre mère nous ayant été enlevée bien trop tôt, nous nous étions beaucoup appuyées l'une sur l'autre. Le fait d'être privée de son soutien pendant ce défi me faisait plus de mal que quiconque ne le réalisait.

Avec beaucoup de réticence, je finis par relâcher ma sœur, pour la tenir par les épaules en examinant son apparence. Comme moi, elle avait hérité des cheveux dorés de notre mère. Mais là où mes yeux étaient ambrés et ma peau plutôt bronzée, Kara avait des yeux bleus étincelants et la peau la plus claire.

— Tu es radieuse, dis-je, la voix chargée d'émotion.

— Toi aussi, répondit Kara avec un rire tremblant. Je sais que tu as dit que tu allais bien. Mais te voir si bien portante, presque rayonnante...

La voix de Kara se brisa. Ses lèvres tremblèrent et ses yeux s'embuèrent. Ma poitrine se serra à la fois de culpabilité et d'amour lorsque je la repris dans mes bras. Je ne regrettais pas d'être allée au bal, mais je détestais la détresse que cela causait à ma sœur.

Malgré sa curiosité évidente, Tora marmonna quelque chose à propos d'aller chercher du thé et sortit précipitamment de la pièce.

— Tout va bien, Kara. Je vais vraiment bien, je te le promets, murmurai-je en lui caressant doucement les cheveux.

Ma sœur me tint encore un moment, ses cheveux soyeux et bouclés se frottant doucement contre ma joue lorsqu'elle hocha la tête.

— Désolée pour ça, dit Kara d'un air penaud en me lâchant. J'avais promis de ne pas me donner en spectacle, et pourtant me voilà en train de morver sur toi, notre reine qui plus est.

Je gloussai et agitai une main dédaigneuse.

— Mon épaule est toujours à ta disposition pour pleurer quand tu le souhaites. Et pour toi, je ne suis pas la reine. Je suis juste ta grande sœur à qui tu as terriblement manqué.

— Tu m'as manqué aussi, dit Kara avec un doux sourire.

Je lui pris la main et l'entraînai vers le canapé situé à côté du paravent. Elle s'assit à mes côtés et je pris sa main, serrée entre les deux miennes, que je posai sur mes genoux.

— Comment ça se passe à la maison ? Comment va Père ? demandai-je.

Kara me jeta un regard d'excuse teinté de culpabilité.

— Grâce à toi, tout est presque parfait maintenant. Il ne manque plus que toi. Il n'y a plus d'huissiers qui frappent à nos portes. Nous avons à nouveau des domestiques et de la viande à chaque repas au lieu d'une ou deux fois par semaine. Papa a même récupéré Sora.

Sous le choc, je pressai ma paume sur ma poitrine.

— Sora ?! Papa a récupéré la harpe de Maman ?

Kara hocha la tête, les yeux embués.

— Je ne sais pas combien d'argent le roi Érik a donné en guise de gage de la mariée, mais c'était une somme importante. Toutes nos dettes ont été remboursées en utilisant moins d'un tiers de cette somme.

— Grands dieux ! C'est une somme astronomique ! m'exclamai-je, sidérée.

— C'est peu dire, dit Kara, son visage reflétant mon incrédulité. Père a immédiatement mis de côté une généreuse dot pour moi. Il a également fait des investissements sûrs. Selon lui, parce qu'ils sont sûrs, ils ne rapporteront pas beaucoup, mais ils nous assureront une certaine aisance pour le reste de notre vie, quoi qu'il arrive.

Je souris.

— C'est vraiment bon à entendre. C'est pour cette raison précise que je suis allée au bal.

— Et tu as accompli ce que tu avais prévu de faire. J'aurais juste aimé que tu ne te sacrifies pas pour nous, dit Kara, la culpabilité s'installant à nouveau sur ses traits.

— C'était mon devoir, en tant qu'aînée. Cependant, cela a peut-être commencé comme un sacrifice, mais maintenant je crois que c'est en train de devenir le plus grand cadeau des dieux. Érik est merveilleux. Il est si gentil et si généreux. Il m'apporte toujours des cadeaux bien pensés et cherche toujours à me faire plaisir. Pourtant, c'est simplement sa compagnie que j'apprécie. Outre le fait que mon mari est extrêmement beau, il est très charmant, plein d'esprit, et me donne l'impression qu'il s'intéresse à moi en tant que personne, en tant que sa femme – et pas seulement comme un instrument pour lever une malédiction.

Kara plissa les yeux en étudiant mes traits.

— On dirait que tu es amoureuse du roi.

Je haussai les épaules, mon visage s'échauffant.

— Je ne sais pas si *amoureuse* est le terme exact. C'est un peu trop fort pour l'instant. Mais je ne nie pas beaucoup tenir à lui. Je m'imagine très bien tomber follement amoureuse de lui. Nous apprenons encore à nous connaître, et...

— Et ? insista Kara lorsque ma voix s'éteignit.

Je remuai sur le canapé, me demandant jusqu'à quel point je voulais être franche avec ma sœur. Nous n'avions jamais eu de secrets l'une pour l'autre. En revanche, l'une d'entre nous n'avait jamais été sous l'emprise d'une malédiction mortelle. Mais cela me manquait d'avoir quelqu'un à qui je pouvais me confier ouvertement à propos de toute cette épreuve.

— Eh bien, même si Érik est très affectueux, il me refuse

manifestement son cœur, avouai-je, un peu dépitée. Je ne peux même pas le lui reprocher. Perdre une épouse après l'autre doit être un cauchemar sans fin. À sa place, je ne me permettrais pas de tomber amoureuse de quelqu'un que je risquerais encore de perdre.

— Sauf qu'il ne va pas *te* perdre, intervint Kara avec force tout en me lançant un regard sévère.

Je souris et secouai la tête.

— Il ne me perdra pas. Je ne vais nulle part. Franchement, toute cette histoire s'avère plus un inconvénient qu'un véritable défi. Le plus dur n'est pas de résister à la tentation, mais de gérer le fait que tout le monde m'évite de peur de s'attacher à moi. Même si j'aime mon intimité, je déteste être aussi isolée.

— La tentation ? Quel est exactement le défi ? Tu es restée vague à chaque fois que je t'ai posé la question dans mes lettres, dit Kara avec une moue adorable.

Je souris à nouveau et lui serrai la main.

— Je n'essaie pas de faire des cachotteries. C'est juste que je ne sais pas grand-chose de plus que ce que je t'ai dit. Il y a une porte dans le donjon qui doit rester scellée. Le premier jour de chaque mois, je dois utiliser ce médaillon comme clé dans un socle spécial de la porte pour activer l'un des douze sceaux, expliquai-je en lui montrant le médaillon autour de mon cou.

— Il brille, s'exclama Kara en le regardant avec circonspection.

— Oui, et son éclat s'intensifiera un peu plus jusqu'à la fin du mois. Une fois que je l'aurai utilisé sur la porte, il lui transférera son énergie pour empêcher ce qui se trouve au-delà de cette porte de sortir.

— Qu'y a-t-il derrière cette porte ? demanda-t-elle.

Je haussai les épaules.

— Je ne sais pas, et franchement, je n'ai pas envie de le demander.

— Pourquoi ? demanda Kara, déconcertée par ma réponse.

— Parce que le but de cet exercice est d'éviter la tentation – la tentation d'ouvrir cette porte. Et si Érik me dit quelque chose qui va réveiller en moi une envie brûlante de l'obtenir ou au moins de le voir ?

Kara émit un son dédaigneux et fit un geste vague de la main.

— Tu es la personne la moins curieuse que j'aie jamais rencontrée.

— Quoi qu'il en soit, moins j'en sais, moins je risque d'être tentée. La seule information que j'attends d'Érik en ce qui concerne cette malédiction, c'est ce que je peux et ne peux pas faire, et ce à quoi il faut faire attention. Tout le reste, je ne veux pas en entendre parler. Ce ne sont que des problèmes qui ne demandent qu'à se produire.

Kara secoua affectueusement la tête en me dévisageant.

— Il est clair que tu es plus apte que moi à relever ce défi. Je voudrais tout savoir et je risquerais d'avoir des ennuis pour cela.

Alors même qu'elle prononçait ces dernières paroles, elle dégrisa et me jeta un regard inquiet.

— Tu t'en sors vraiment bien avec ce défi ?

Je souris et hochai la tête.

— Oui, Kara. Je te le promets. Cela n'a pas été difficile jusqu'à présent. Ce qui rendrait les choses encore plus faciles, c'est que tu viennes me rendre visite au château.

Mon cœur se brisa lorsqu'elle détourna les yeux et tourna légèrement le visage. Il était injuste de ma part de soulever le sujet, sachant que ce n'était pas de son ressort.

— Il te pleure, tu sais ? dit soudain Kara d'une voix peinée. Papa pense qu'il vaut mieux que nous te pleurions maintenant pour que ce soit un peu moins douloureux quand...

Je serrai les dents, la colère m'envahissant.

— Quand rien du tout ! dis-je d'un ton cassant. Je n'ai pas l'intention d'échouer. S'il avait une colonne vertébrale, il serait là pour me soutenir et m'aider à surmonter cette épreuve plutôt que d'envisager le pire.

— Il ne peut pas parce qu'il s'en veut, dit Kara avec véhémence. Il prétend qu'il a d'abord tué Mère. Maintenant, il t'a tuée. C'est pourquoi il exige que je me marie rapidement avant qu'il ne me tue à mon tour.

— Quoi ? Il n'a pas tué Maman ! Il ne m'a pas tuée ! arguai-je, déconcertée. Maman est morte en couches !

— D'un enfant *qu'il* a mis en elle, répondit Kara. Et tu t'es « sacrifiée » pour rembourser les dettes *qu'il* a contractées.

— Aucune de ces tragédies n'est de sa faute. C'était une grossesse compliquée. Cela arrive. La tempête qui a coulé nos navires avec toute leur cargaison n'était pas non plus de sa faute. C'était la volonté des dieux, rétorquai-je.

— *Je* le sais, mais *il* y voit des signes que les dieux le punissent en lui enlevant ceux qu'il aime, dit Kara d'une voix douce.

— Ou peut-être que la mort de Maman n'était qu'une terrible tragédie. Et le fait que nous ayons perdu nos richesses n'était que le chemin tracé par les dieux pour me conduire à ce bal afin que je puisse rencontrer Érik et qu'ensemble, nous puissions apporter la paix à Rathlin en mettant fin à cette malédiction.

— Je prie pour que tu aies raison, Astrid, dit-elle avec ferveur.

— Bien sûr, j'ai raison. J'ai toujours raison, dis-je d'un ton taquin.

Elle s'ébroua et me dévisagea affectueusement.

— Ne juge pas Père trop durement. Il t'aime. Il a le cœur brisé et se fait des reproches.

— Je suis blessée, mais je comprends. D'ici la fin de l'année, il saura qu'il n'avait rien à se reprocher et que cela avait été la bonne décision.

— Pas un an. Dix mois et demi, corrigea Kara.

— En effet, concédai-je avec un sourire. Maintenant, parle-moi de ces prétendants que Père veut que tu épouses.

Ma sœur rougit joliment, puis commença à me parler de la foule de prétendants qui venaient frapper à la porte depuis que la richesse de notre famille avait été rétablie. Une partie de moi détestait le fait que beaucoup de ces jeunes hommes n'étaient intéressés que par l'argent – ou que leur famille les poussait à se marier. Cependant, Kara avait la tête sur les épaules et Père ne la pousserait pas à faire un mariage de convenance. Il avait adoré notre mère et souhaitait qu'il en soit de même pour nous avec notre conjoint.

Tora revint finalement avec le thé. Je soupçonnais qu'elle s'était délibérément attardée à l'extérieur pour nous donner le temps de parler en privé, ce que j'appréciais grandement. Nous passâmes la demi-heure suivante à bavarder amicalement tandis que Kara essayait de nouvelles robes et que Tora les ajustait, prenant de nombreuses notes sur les modifications qu'elle allait y apporter.

— Allons à la boulangerie de Sigrid, dis-je d'un air vorace alors que ma sœur finissait de remettre ses vêtements d'origine. Je peux rester encore trente à quarante minutes avant de devoir retourner au château. Et tu sais que je ne peux pas résister à la perfection de ses brioches aux épices et à la cannelle.

Kara éclata de rire.

— Tu es un cas désespéré ! Mais qui suis-je pour défier la volonté de la Reine ?

— Excellente réponse, répondis-je en souriant.

Nous saluâmes Tora puis, accrochant mon bras à celui de ma sœur, j'entraînai cette dernière hors du salon privé. À peine fûmes-nous sorties de la pièce qu'une voix trop familière m'interpella.

— Dame Astrid ! Euh... Toutes mes excuses, Votre Majesté, dit Hilda avec un sourire bien trop éclatant. Quelle coïncidence que nous visitions Tora le même jour et à la même heure.

Mon cœur se serra, et je plaquai un sourire gracieux sur mon visage. De toutes les coïncidences pourries... Mais encore une fois, je doutais que la chance ait quelque chose à y voir. Cela faisait une heure que j'étais là. La nouvelle de la présence de la dernière reine maudite de Barbe Bleue dans la ville s'était certainement répandue sur des lieues à la ronde. Mais pourquoi chercherait-elle à me voir ? La dernière fois que nous nous étions rencontrées, elle avait été humiliée en public.

La façon dont le bras de Kara se resserra autour du mien trahissait sa tension. Le fait qu'Érik ait rejeté Hilda en ma faveur avait donné aux commères de quoi agiter leur langue. En était-elle encore amère et cherchait-elle la bagarre ?

— Lady Hilda, dis-je poliment. Je ne m'attendais pas à vous rencontrer, mais cela ne me surprend pas. Tora est l'une des meilleures modistes de Rathlin. Il est donc normal que des dames au goût averti viennent voir ses créations.

Ses yeux s'écarquillèrent de surprise à ce compliment. Pensait-elle que j'allais me vanter de ma « victoire » et la lui balancer au visage ? Hilda se ressaisit rapidement et me gratifia d'un sourire presque modeste en guise de remerciement.

— Votre Majesté a tout à fait raison. Les créations de Tora sont exquises, son sourire encore une fois trop amical me mettant quelque peu mal à l'aise. Il est bon de vous voir en si bonne forme. Pas étonnant que tous les habitants de la ville aient le moral au beau fixe. Cela fait trop longtemps qu'une reine ne s'est pas mêlée à nous. Mais j'ignorais que l'épouse du roi pouvait quitter le château.

Je réprimai de justesse l'envie de lever les yeux au ciel devant une tentative aussi évidente d'obtenir des informations.

— Comme vous pouvez le constater, je le peux, répondis-je d'un ton détaché.

— En effet. Mais maintenant que vous êtes là, serait-il trop audacieux de vous demander quel est exactement le défi à relever ?

L'empressement avec lequel elle posa la question augmenta encore mon malaise. Cependant, le silence assourdissant qui suivit ses paroles me fit regarder autour de moi. Je remarquai enfin le nombre inhabituellement élevé de clients, ainsi que le fait que toutes les conversations à voix basse s'étaient arrêtées tandis qu'ils attendaient tous ma réponse avec impatience.

Je gémis intérieurement.

— Le défi consiste à résister à la tentation, dis-je nonchalamment, avant de me tourner vers ma sœur. Mais il y a une tentation à laquelle je n'ai pas à résister, c'est un roulé à la cannelle épicée de chez Sigrid. Si vous voulez bien nous excuser.

Tirant Kara derrière moi, je commençai à m'éloigner.

— Votre Majesté ! Vous ne pouvez pas partir comme ça ! s'exclama Hilda, son visage affichant la même déception – pour ne pas dire incrédulité – que tous les autres dans la pièce. Ne voulez-vous pas satisfaire notre curiosité quant à ce qui a causé la perte de tant de filles de Rathlin ?

Ma colonne vertébrale se raidit et je serrai les dents devant un chantage émotionnel aussi éhonté. Je m'arrêtai et me retournai pour la regarder, cette fois avec beaucoup moins de chaleur.

— Si le roi Érik avait voulu donner des détails sur le défi à relever, il l'aurait fait il y a des années. Il ne m'appartient pas de prendre une telle décision en son nom. Je vous ai dit ce que je pouvais. Pour le reste, vous devrez demander au roi lui-même. Maintenant, si vous voulez bien m'excuser, ma sœur et moi avons d'autres projets.

Sur ce, je conduisis ma sœur hors de la boutique.

CHAPITRE 7
ÉRIK

Je me dirigeai vers la galerie d'un pas lourd. Après ma visite officielle dans la ville de Leif, j'avais envie de me détendre avec ma femme. Mais le devoir – toujours le devoir – passait avant tout. En l'occurrence, comme elle était sans doute encore dans sa serre, le moment était parfait. Astrid avait été suffisamment désemparée la première fois qu'elle était tombée sur les portraits de mes précédentes épouses. Elle n'avait pas besoin de savoir que je rencontrais l'artiste qui allait peindre le sien.

Ma poitrine se contracta lorsque je poussai les grandes portes de la galerie. Vingt-sept visages bien trop familiers me fixaient avec des yeux accusateurs ou trahis. Même si j'essayais de soulager ma conscience en me rappelant qu'elles s'étaient portées volontaires pour cela, mon cœur souffrait encore qu'elles soient toutes mortes trop tôt. J'avais sincèrement tenu à certaines d'entre elles. Elles méritaient tellement mieux. Je les avais laissées tomber. Même si c'était à elles de relever le défi, il y avait sûrement quelque chose de plus que j'aurais pu faire.

Une colère irrationnelle – pour ne pas dire une haine – monta en moi à la vue d'Ogden, déjà occupé à esquisser le portrait d'Astrid. Assis sur un tabouret, sa frêle silhouette penchée sur son carnet de croquis, il maniait sa craie d'un geste rapide et assuré. Ses longs cheveux noirs grisonnants pendaient comme un rideau de chaque côté de son visage étroit. Je n'avais aucune raison de lui en vouloir. L'homme plus âgé ne faisait qu'exercer sa profession.

En tant que principal artiste engagé par les nobles pour leurs portraits, il connaissait à peu près tout le monde, y compris mon Astrid. Par conséquent, même si j'avais fourni à Ogden un portrait miniature de ma femme, il semblait travailler de mémoire.

Il leva la tête pour poser ses yeux vert pâle sur moi en m'entendant approcher.

— Votre Majesté, dit-il en sautant de son tabouret pour s'incliner en guise de salut.

Son sourire était dépourvu de sa gaieté habituelle, mais plutôt empreint de la solennité qui s'imposait en la circonstance.

— Maître Ogden, répondis-je sur le même ton. Je vois que vous êtes déjà au travail.

— Je le suis, votre Altesse. Voici quelques croquis que vous pourrez examiner.

Je parcourus les feuilles qu'il me tendait – chaque esquisse, aussi exquise l'une que l'autre – capturait un trait différent de la personnalité de ma femme. Bien que la première la montrant dans une pose royale eût été plus appropriée, je revenais sans cesse à celle où elle avait une expression rêveuse, un sourire discret étirant ses lèvres devant les pensées agréables qui lui traversaient l'esprit. Je l'avais surprise une ou deux fois en train de me regarder de cette façon. Mon instinct me disait que c'étaient des moments où elle se sentait heureuse d'être avec moi, malgré les circonstances. Du moins, je voulais croire que je lui procurais des moments de bonheur.

— Celui-ci, dis-je, en optant finalement pour le portrait rêveur.

— Excellent choix, mon Roi, dit Ogden avec approbation. Je vais m'y atteler immédiatement.

— Avant que vous ne partiez, j'aimerais commander un deuxième portrait de ma femme, grandeur nature, dis-je soudain. Je veux que vous peigniez Astrid jouant de la harpe dans la salle de musique. Vous pouvez lui demander de poser pour celui-ci, si vous le souhaitez. Mais pas un mot sur le premier, le prévins-je sévèrement.

— Bien sûr que non, votre Altesse, répondit rapidement Ogden, l'air un peu vexé. Je suis bien conscient de la nécessité de faire preuve de discrétion dans cette affaire. Depuis que je suis à votre service, j'ai toujours respecté les normes de professionnalisme les plus strictes.

— Certes, vous l'avez fait, concédai-je, un peu honteux. Je n'avais pas l'intention d'insinuer le contraire. Mais quand il s'agit d'Astrid, j'ai tendance à être un peu surprotecteur.

Mes propres paroles, cet aveu de sentiments plus profonds pour ma femme, me sidérèrent. Outre le fait que je n'avais jamais été du genre à admettre une faiblesse ou une vulnérabilité, le fait de réaliser à quel point je tenais à Astrid me terrifiait.

Apaisé, Ogden s'adoucit, une pointe de commisération s'insinuant dans son expression.

— Oui, je comprends pourquoi vous l'êtes. J'ai vu Lady Astrid devenir une jeune femme charmante, toujours tellement attentionnée et dévouée aux autres. Elle est la reine parfaite pour notre royaume.

Je hochai la tête et répondis par un grognement peu engageant, agacé par moi-même.

— Je ne crois pas qu'il soit nécessaire de faire poser la reine pour le tableau de la harpe, poursuivit Ogden, alors qu'un silence gênant s'installait entre nous. Ce sera une belle surprise pour elle une fois qu'il sera terminé. Cependant, avec votre permission, j'aimerais aller jeter un coup d'œil à la salle de musique pour me rafraîchir la mémoire quant à son agencement.

— Je vous en prie, faites-le. Je crois que vous connaissez le chemin ? demandai-je, impatient de me débarrasser de lui.

— Je le connais. Bonne journée à vous, Majesté.

— Et à vous aussi, Ogden.

Je le regardai partir, poussant un soupir lorsque la porte se referma derrière lui. Le poids des regards de mes défuntes épouses ramena mon attention sur le mur. Vingt-sept. Une partie de moi se demandait pourquoi je continuais à m'infliger cela. Je ne voulais pas y ajouter un vingt-huitième portrait. Et pourtant, je leur devais bien ça.

En vérité, je n'essayais pas de me punir en faisant cela. Mais elles méritaient d'être immortalisées. C'était aussi un rappel visuel des sacrifices que nous faisions pour garder notre monde à l'abri d'un monstre. J'avais survécu à tous ces combats, je survivrais au suivant.

— *Vraiment, Roi Érik ? Survivras-tu à la mort de ta nouvelle petite épouse ?*

Ma colonne vertébrale se raidit au son de la voix haineuse qui retentit dans ma tête. Je l'ignorai, refusant de donner à ce démon un pouvoir supplémentaire sur moi.

Un ricanement malveillant résonna dans mon esprit.

— *Tut, tut. Il est impoli de ne pas répondre à une question. Mais je n'ai pas besoin que tu le fasses. Tu n'as jamais commandé de portrait spécial auparavant. La jeune fille dorée a-t-elle capturé le petit cœur sombre et desséché de Barbe Bleue ?*

Serrant les dents, je fermai les yeux et inspirai profondément pour maîtriser mes émotions.

— *Une fois que tu l'auras tuée – et tu le feras – puis-je espérer que tu ajouteras ce chef-d'œuvre grandeur nature à ma salle des trophées, aux côtés des autres qui ont lamentablement échoué ? Tic-tac, Érik. Profite de ta petite femme tant que tu le peux. Votre temps est compté.*

— SILENCE, MISÉRABLE VERMINE ! criai-je, la colère bouillonnant dans mes veines.

Alors que d'autres rires diaboliques emplissaient mon esprit, la porte de la galerie s'ouvrit sur un Tormund inquiet.

— Votre Majesté ? Tout va bien ?

Son regard parcourut la pièce, à la recherche de la personne qui avait pu déclencher mon ire. Me trouvant seul, son visage pâlit de compréhension. Bien que personne ne sache exactement quelle abomination se cachait dans le donjon, Tormund avait compris certaines choses au fil des ans. Ce n'était pas la première fois que j'envisageais de tout lui révéler. Cependant, cela m'obligerait à dévoiler une partie de ma véritable nature. Je ne savais pas s'il était prêt à cela.

Redressant les épaules et forçant une expression neutre sur mon visage, je secouai la tête et adressai un sourire rigide à Tormund.

— Oui, tout va bien. Vous me cherchiez ? demandai-je.

La façon dont il hésita montra qu'il voulait insister et enquêter davantage. Mon regard sévère lui fit clairement comprendre qu'il devait laisser tomber. Tormund déglutit péniblement et s'exécuta.

— Oui, Votre Majesté. J'ai pensé que vous deviez savoir que la Reine Astrid n'est pas au château en ce moment, répondit-il.

Je clignai des yeux, ne comprenant pas pourquoi il ressentait le besoin de me dire quelque chose que je savais déjà, ou du moins que je soupçonnais.

— En effet, oui. Elle passe ses journées dans sa serre.

— Pas aujourd'hui. Après votre départ pour Leif ce matin, la Reine a reçu un message de sa sœur, l'invitant à la rejoindre pour un essayage chez la modiste de Revna, expliqua-t-il. Elle est partie depuis deux heures maintenant.

— QUOI ?! Pourquoi diable l'avez-vous laissée partir en

ville ? criai-je, la peur, la colère et l'incrédulité luttant pour dominer en moi.

— Elle en avait déjà discuté avec vous, votre Majesté, répondit Tormund d'un ton défensif. Je lui ai rappelé qu'elle devait être de retour dans les quatre heures ou...

— TROIS ! TROIS HEURES, ABRUTI ! m'exclamai-je, luttant contre l'envie de l'étrangler. Vous auriez dû lui dire d'être de retour dans les trois heures. Et si sa calèche est endommagée sur le chemin du retour ? Et si une tempête ou d'autres facteurs indépendants de sa volonté l'empêchaient de revenir ? Il faut tenir compte des contretemps éventuels. Si elle n'est pas de retour à temps, tout cela n'aura servi à rien !

— Je suis désolé, Votre Majesté...

— Épargnez-moi vos excuses ! lui lançai-je en l'écartant de mon chemin.

Alors que je courais vers la porte, le rire diabolique résonna une fois de plus dans mon esprit.

— *Tic-tac, tic-tac, petit roi.*

Je sortis en trombe du château, Tormund sur mes talons, et hurlai pour qu'on m'amène Tonnerre sur-le-champ, tout en me précipitant vers les écuries. Le palefrenier commença à mettre la selle sur mon cheval, bien plus lentement que je ne le souhaitais. Perdant patience, je l'écartai et terminai la tâche moi-même pendant que mes gardes sellaient frénétiquement leurs propres montures. Dès que j'eus terminé, je sautai sur le dos de Tonnerre et filai en direction de la ville.

J'ignorai les gardes qui appelaient mon nom, ainsi que la voix lancinante qui ne cessait de me narguer au sujet de la mort imminente d'Astrid. Heureusement, elle s'atténuait au fur et à mesure que je m'éloignais du château. Mon regard ne cessait de se poser sur ma bague pour s'assurer que son joyau restait blanc. Il était relié au collier. S'il devenait rose, je saurais qu'Astrid avait ouvert la Porte Scellée ou que le mécanisme de défense du collier s'était déclenché à cause de sa trop longue absence du château.

Je chevauchai durement Tonnerre, reconnaissant que le ciel soit généralement dégagé et que la circulation soit relativement faible sur la route principale. Chaque fois que j'apercevais une calèche venant de la direction opposée, mon cœur bondissait une seconde, espérant qu'il s'agissait d'Astrid qui rentrait au château. Chaque fois qu'il s'avérait que ce n'était pas ma femme, ma colère montait d'un cran.

Oui, j'avais évoqué la possibilité qu'Astrid aille en ville. Oui, j'avais aussi précisé qu'elle ne pourrait pas s'absenter plus de quatre heures. Cependant, au-delà du fait que j'avais toujours présumé que je serais avec elle le jour où elle le ferait, ce délai n'était pas une équation mathématique parfaite avec un résultat garanti. Le délai de grâce en dehors de l'enceinte du château pouvait être plus long ou plus court. Ce n'était qu'une fois que le médaillon devenait rose ou rouge que nous savions avec certitude que le temps était écoulé. Elle aurait plutôt dû pécher par excès de prudence.

Certes, compte tenu de la façon dont son père empêchait Kara de lui rendre visite, je comprenais qu'elle se soit précipitée pour voir sa sœur à la minute où le message était arrivé. Qui savait quand une autre occasion se présenterait ? Mais je trouvais incroyablement irresponsable qu'elle soit encore en ville après tout ce temps. Non seulement sa vie dépendait de son retour à temps, mais aussi la sécurité de tout le royaume. Le fait qu'elle se sente piégée à l'intérieur du château n'avait aucune importance. Elle s'était engagée à relever ce défi, avec tout ce que cela impliquait.

Après ce qui me sembla être une éternité, je m'approchai enfin de la ville. Je ralentis la cadence que j'avais imposée à Tonnerre, me sentant coupable de l'avoir poussé si fort. Mes gardes eurent ainsi l'occasion de me rattraper, ce qui nous permit d'entrer dans la ville avec un semblant de décorum. Je ne voulais même pas imaginer à quel point je pouvais avoir l'air ébouriffé à cause du vent qui avait soufflé dans mes cheveux pendant cette course folle vers Revna.

Mon cœur se serra lorsque, à l'approche de la boutique de Tora, je ne vis pas le carrosse royal à l'extérieur, ni aucun signe de ses gardes. J'attendis à peine que Tonnerre se soit arrêté pour sauter de son dos et me précipiter jusqu'à l'entrée, au grand désarroi de mes gardes.

— Votre Majesté ! s'exclama Tora en jetant la robe qu'elle tenait sur le comptoir avant de s'empresser vers moi.

— Où est la reine ? demandai-je, sans attendre qu'elle finisse de s'incliner.

Elle parut déconcertée.

— La reine Astrid ? Elle est partie, votre Majesté. Elle et sa sœur sont parties il y a plus de trente minutes.

Ma poitrine se contracta sous l'effet d'une peur grandissante. Où était-elle allée ? Elle n'avait pas quitté la ville, sinon nos chemins se seraient croisés. L'idée terrible qu'elle puisse rendre visite à son père me traversa l'esprit. Si elle avait quitté la modiste depuis seulement une trentaine de minutes, elle ne pourrait jamais atteindre le domaine de son père et ensuite revenir au château à temps.

Elle ne serait pas si bête.

— Où sont-ils allés ? demandai-je, d'une voix si tranchante que Tora eut un mouvement de recul, la peur s'installant sur ses traits.

Je n'avais pas voulu effrayer la douce femme âgée, mais je devais trouver Astrid.

— Elle... La reine a parlé des brioches à la cannelle de Sigrid. Alors...

Je n'attendis pas le reste de sa phrase et sortis en trombe de sa boutique. Je sautai à nouveau sur mon cheval et filai à toute allure à travers les deux pâtés de maisons jusqu'à la boulangerie de Sigrid. Je faillis pleurer de soulagement à la vue du carrosse royal. Mais la colère remplaça rapidement ce sentiment lorsque je remarquai que ma femme se tenait à l'extérieur de la boulangerie, en conversation animée avec sa sœur. Était-elle si inconsciente, ou ne se souciait-elle pas du fait que le temps passait ? Dans mon esprit, j'entendais la voix haineuse de mon bourreau dire « tic-tac, tic-tac », ce qui ne fit qu'attiser ma fureur contre Astrid.

Je ne saurais dire si le bruit des sabots de Tonnerre approchant rapidement, ou les hoquets soudains et les expressions surprises des badauds à proximité l'avaient alertée de ma présence, mais Astrid se tourna brusquement pour regarder avec curiosité dans ma direction. Elle eut un mouvement de recul, le choc faisant place à de l'inquiétude lorsque je m'approchai, lui permettant de voir l'expression de mon visage.

— Érik ? dit Astrid d'un ton interrogateur lorsque je sautai de mon cheval et m'avançai vers elle.

— Nous partons, tout de suite, dis-je entre mes dents.

— Mais...

— MAINTENANT, Astrid ! Monte dans la calèche, ordonnai-je d'un ton sans appel.

Elle pâlit, la confusion et la peur se dessinant sur ses beaux traits. Je détestais être celui qui avait éveillé de telles émotions en elle, mais j'étais trop en colère pour penser clairement. À la façon dont elle regarda la foule silencieuse qui nous fixait, avant de serrer rapidement sa sœur dans ses bras, je réalisai à quel point cela devait être humiliant pour elle. Je me reprochai une fois de plus ma réaction viscérale. Je n'avais jamais eu l'intention de l'embarrasser publiquement. Et pourtant, je ne pouvais pas laisser de telles préoccupations me détourner de mon plan d'action actuel. J'essayais de la sauver d'elle-même et de la malédiction, tout en protégeant le royaume.

Après avoir gratifié Kara d'un hochement de tête appuyé, je suivis Astrid vers notre carrosse. Ce n'était pas la première impression que j'avais voulu donner à la sœur de mon épouse.

Le regard inquiet – pour ne pas dire horrifié – qu'elle m'avait jeté laissait entendre qu'elle pensait que j'étais un monstre, voire même un mari violent. Cela aussi me mit en colère.

L'un des gardes d'Astrid s'empressa de nous ouvrir la porte du carrosse. Un simple coup d'œil à mon visage lui fit comprendre que son unité et lui-même allaient devoir me rendre des comptes pour ne pas lui avoir dit de partir plus tôt. Établissant un contact visuel avec l'un de mes propres gardes, je fis un geste du menton en direction de Tonnerre. Il hocha la tête en réponse, comprenant qu'il devait le ramener au château pendant que j'utilisais la calèche avec ma femme.

Alors qu'Astrid s'apprêtait à monter dans notre moyen de transport, la voix agaçante de Lord Arne appela mon nom.

— Votre Majesté ! Roi Érik ! Quelle chance de vous voir ici ! s'exclama l'homme corpulent en courant vers moi à une vitesse impressionnante pour sa taille.

— Quoi que ce soit, cela devra attendre. Je suis pressé, dis-je sévèrement.

— Oh, mais je n'ai besoin que d'une minute, argua-t-il d'une voix exagérément enthousiaste. Ce sera rapide.

Agacé au plus haut point, je me retournai pour faire face à l'homme, le regardai dans les yeux et changeai le timbre de ma voix.

— Vous ne me ferez pas perdre davantage de temps. Oubliez que vous m'avez vu et partez, dis-je d'un ton dangereusement calme.

Ses yeux se voilèrent de plus en plus à chacune de mes paroles, la vibration subtile de ma voix renforçant la compulsion. L'air hébété, Lord Arne tourna les talons et s'éloigna.

Astrid, qui s'était installée dans la calèche, m'observait avec une expression déconcertée, ses sourcils se plissant encore plus lorsqu'elle tendit le cou pour regarder Arne s'éloigner. Je maudis intérieurement cet homme qui m'obligeait à m'exposer davantage.

Lorsque je montai à l'intérieur, Astrid ramena sa jupe autour de ses jambes et joignit ses mains sur ses genoux. Je m'assis sur le siège en face d'elle, les dents toujours serrées par la colère, en regardant ma femme. Dès que le garde eut fermé la porte, je frappai deux fois le mur de mon poing pour signifier au chauffeur qu'il devait partir. Quelques secondes plus tard, le carrosse se mit en marche.

Astrid déglutit péniblement tandis que je continuais à la dévisager avec colère.

— Que se passe-t-il, Érik ? Pourquoi es-tu si contrarié ? demanda-t-elle d'une voix tremblante.

Je penchai la tête sur le côté et la regardai avec incrédulité.

— Pourquoi ? Pourquoi suis-je contrarié ?

— Nous avons déjà discuté de ma venue en ville pour voir ma sœur, argua-t-elle, visiblement encore confuse. Tu étais d'accord.

— J'étais d'accord en supposant que tu le ferais dans la limite du raisonnable. Depuis combien de temps es-tu partie, Astrid ? grondai-je.

Elle cligna des yeux, puis me regarda avec compréhension avant de prendre une expression outragée.

— Je suis partie depuis moins de trois heures. Quand tu es arrivé, ça faisait deux heures et quarante-cinq minutes. J'allais partir dans les dix prochaines minutes. Tu m'as dit d'être de retour dans les quatre heures. J'aurais été de retour au château avec vingt-cinq minutes d'avance !

— L'aurais-tu été, Astrid ? En es-tu certaine ? rétorquai-je avec un défi dans la voix. Et si la calèche frappait un nid-de-poule sur le chemin du retour et qu'elle s'enlisait ou qu'une des roues se faisait endommager ? Et si l'un des chevaux se plantait une pierre pointue dans le sabot, obligeant le cocher à s'arrêter pour l'enlever afin qu'il ne boite pas sur tout le chemin du retour ? Et si un fermier décidait que c'était le moment de faire traverser la route principale à son troupeau, bloquant ainsi le chemin pendant une demi-heure ? Ai-je besoin de te donner d'autres exemples ?

Astrid blêmit un peu plus à chacune de mes paroles.

— Je comprends que tu te sentes prisonnière du château et que ta sœur te manque. Mais j'ai besoin que tu sois plus responsable. Trop de vies dépendent de toi, sans parler de la tienne. Quatre heures, ce n'est qu'une approximation. Il pourrait y avoir vingt à trente minutes de moins à cause de la grande distance entre le collier et le château. Tu ne peux pas jouer avec ça, Astrid. Je dois pouvoir te faire confiance pour tenir compte de ce genre de choses.

Elle enlaça sa taille et baissa la tête avec un air de culpabilité et de honte. À cet instant, je me sentis comme un monstre. Elle avait eu l'air si heureuse en discutant avec sa sœur. Savoir que j'avais gâché ce qui avait probablement été l'une des plus belles journées d'Astrid depuis notre mariage me tordait les entrailles. Et pourtant, je ne pouvais pas reculer. Elle devait comprendre la gravité de sa situation.

Mais comment le pourrait-elle alors que tout a été si facile pour elle jusqu'à présent ?

Et cela avait été d'une facilité déconcertante pour elle, non pas que je m'en plaigne. Toutes mes épouses précédentes avaient commencé à entendre des voix au cours du premier mois, même Arianne qui avait survécu plus longtemps que toutes les autres. À part la douleur temporaire causée par l'activation du premier sceau quelques semaines plus tôt, Astrid n'avait pas encore montré de signes de tentation. Si cela me donnait l'espoir qu'elle pourrait enfin briser la malédiction, cela lui donnait aussi un sentiment de confiance trompeur, car elle pensait qu'il ne s'agissait pas d'un véritable défi. Mais le défi allait devenir impossible à surmonter. Même si je ne voulais pas l'effrayer inutilement, je ne pouvais pas la laisser devenir nonchalante à ce sujet.

— Je suis désolée, Érik, dit Astrid d'une voix contrite. Tu as raison, j'aurais dû prévoir la possibilité d'imprévus. Tu n'aurais pas dû avoir à venir me chercher. J'essaierai de faire mieux à l'avenir.

Je grognai de manière vague, ne sachant pas vraiment quoi dire, mais détestant la tension qui régnait entre nous. Nous demeurâmes silencieux pendant toute la durée du voyage de retour, chacun perdu dans ses propres pensées. Plus d'une fois, je faillis dire quelque chose pour entamer une conversation décontractée. Mais à chaque fois, soit les mots me manquaient, soit le sujet me paraissait stupide et forcé.

Le fait que je jette tour à tour un coup d'œil au collier d'Astrid et à ma bague pour m'assurer qu'ils restaient blancs n'aidait pas la situation. Chaque fois qu'elle me surprenait en train de le faire, sa culpabilité et sa honte refaisaient surface, ce qui me faisait sentir encore plus coupable de ce gâchis.

Heureusement, aucun incident imprévu ne retarda notre retour. Ce ne fut qu'une fois que nous eûmes franchi les grilles du château que la tension qui tenait ma colonne vertébrale dans un étau se relâcha enfin.

Le soulagement de Tormund lorsque nous sortîmes du carrosse était palpable. Je hochai la tête en réponse à son accueil. J'allais devoir m'excuser auprès de lui plus tard. Comme Astrid, il n'avait pas mérité que je m'adresse à lui aussi durement.

Poussant un soupir, j'entrai dans le château, ma poitrine se serrant alors que ma femme se dirigea tout droit vers son boudoir. Au moins, la voix misérable ne me narguait pas, sans doute parce qu'il n'y avait pas de quoi se vanter, le médaillon étant rentré à temps au château.

Je me dirigeai vers mon bureau et récupérai une boîte plate, répétant d'un million de façons différentes comment j'allais me racheter auprès de mon épouse. Après des tergiversations bien trop longues, je redressai les épaules et décidai de me lancer. Une fois devant la porte du boudoir d'Astrid, mes nerfs faillirent prendre le dessus. Quel pitoyable roi et mari je faisais. Je pouvais tenir tête à n'importe quel chef d'État, diriger des armées quand c'était nécessaire, et même vaincre un kraken. Pourtant, j'étais là, prêt à battre en retraite au lieu d'affronter la tristesse de ma femme.

Levant la main, je frappai la porte de mes phalanges. Presque aussitôt, la voix étouffée d'Astrid m'invita à entrer. Je pris une profonde inspiration et m'exécutai.

Je trouvai ma femme assise derrière le secrétaire, une plume à la main, probablement en train d'écrire une lettre à sa sœur pour expliquer son brusque départ. Ses lèvres s'entrouvrirent de surprise en me voyant. Elle s'attendait probablement à ce que ce soit un serviteur venant lui demander ce qu'elle voulait pour le dîner.

— Érik... Je t'en prie, entre, dit-elle.

L'étrange mélange d'espoir et de circonspection qui se dégageait de sa voix et de son expression me fit chaud au cœur. Au moins, cela semblait indiquer qu'elle aussi voulait mettre ce bordel derrière nous.

— J'ai... euh... J'ai quelque chose pour toi, dis-je en tiquant intérieurement alors que mes pieds me portaient vers elle comme s'ils étaient animés d'une volonté propre.

Ce n'était *pas* la façon dont j'avais voulu gérer la situation.

— Oh ? dit Astrid, ses yeux s'illuminant de curiosité alors qu'elle tendait la main vers la boîte en bois ornée que je lui présentais.

Ma femme déplaça le morceau de parchemin sur lequel elle écrivait et posa soigneusement la boîte sur le bureau en face d'elle. Ses doigts caressèrent doucement le motif tourbillonnant gravé dans le bois poli. Elle relâcha le fermoir qui maintenait la boîte fermée et souleva le couvercle.

Ses yeux s'écarquillèrent d'abord de surprise, puis d'admiration devant l'exquise parure composée d'un collier, de boucles d'oreilles et d'un bracelet, chacun orné d'un gros saphir orange.

— Merci, Érik. C'est magnifique, dit Astrid à voix basse, une expression troublée sur le visage.

— J'ai tout de suite pensé à toi quand je l'ai vu. Les pierres sont parfaitement assorties à la couleur ambrée de tes yeux, dis-je en me sentant mal à l'aise.

— Oui, c'est vrai, dit-elle avec un sourire un peu crispé.

Je me raclai la gorge et me grattai la barbe.

— Je... Je voulais également m'excuser d'avoir été si dur tout à l'heure. Quand j'ai appris que tu étais allée à Revna, j'ai paniqué et mal géré la situation.

Elle m'adressa un timide sourire.

— Ce n'est pas grave. Tu avais de bonnes raisons d'être contrarié.

— C'est vrai, reconnus-je. Mais rétrospectivement, je dois admettre que ma colère était autant dirigée contre toi que contre moi.

Les sourcils d'Astrid se haussèrent et elle me regarda avec confusion.

— Contre toi-même ? Pourquoi ?

— Parce que j'aurais dû mieux t'expliquer la situation, dis-je en passant une main frustrée dans mes cheveux. Je vis ce cauchemar depuis si longtemps que j'oublie que tout cela est encore nouveau pour toi. Tu ne sais pas tout ce que je sais. C'est à moi de m'assurer que tu disposes de toutes les informations nécessaires pour prendre des décisions éclairées. Je t'ai fait défaut sur ce point. Oui, j'aurais aimé que tu prennes en compte les imprévus, mais tu n'avais aucune raison de penser que tu pourrais disposer de moins de quatre heures. Et c'est ma faute. Tu as dit que tu ferais mieux à l'avenir. Mais je dois faire de même au lieu de supposer que tu sais tout ce que j'ai dans la tête.

Une puissante émotion traversa le beau visage d'Astrid, et ses yeux dorés s'embuèrent. Le sourire frémissant qu'elle m'offrit, empli de gratitude, me fit comprendre qu'elle avait eu l'impression que je l'avais traitée injustement dans ma colère – ce qui était le cas.

Je lui tendis la main. Elle la prit volontiers et se leva. Je l'attirai dans mes bras et lui caressai doucement la joue.

— Je suis désolé d'avoir gâché l'agréable journée que tu passais avec ta sœur. J'ai honte d'admettre que la peur a largement alimenté ma colère. L'idée que tu ne puisses pas rentrer au château...

Je secouai la tête, ma voix s'éteignant alors que je m'efforçais de chasser les images horribles qui défilaient dans mon esprit.

— Et je suis désolée que ma négligence t'ait fait subir cette épreuve. Tu avais raison dans tout ce que tu as dit dans le carrosse. Oui, cela m'a bouleversée, mais j'aurais dû y penser. J'étais tellement emballée à l'idée de revoir Kara que j'ai fait fi de toute prudence. Je ferai mieux à l'avenir. Et ce sera encore plus facile si tu me donnes *effectivement* des consignes claires sur ce que je peux et ne peux pas faire, ainsi que sur ce à quoi je dois faire attention.

— Je te le promets, dis-je avec ferveur.

Les yeux rivés à ceux d'Astrid, je me penchai, mes lèvres s'arrêtant à un cheveu des siennes. Elle sourit et leva le visage, réduisant la courte distance qui nous séparait pour m'embrasser. Mes bras se resserrèrent autour de ma femme, mon cœur se remplissant d'affection et de soulagement. Je ne voulais pas que nous nous disputions.

Lorsque nous rompîmes le baiser, Astrid me caressa la joue avant de jeter un regard amusé sur la boîte à bijoux.

— C'est un beau cadeau, mais tu n'es pas obligé d'acheter mon pardon avec des bijoux, dit-elle d'un ton taquin.

Je m'ébrouai.

— Je ne l'ai pas acheté pour ça. Ce matin, à Leif, je l'ai vu dans une boutique et j'ai tout de suite su qu'il fallait que je te l'achète. Au cas où tu ne l'aurais pas encore remarqué, j'adore te gâter. Même si je veux que tu m'aides à me débarrasser de cette malédiction, je tiens beaucoup à toi, Astrid. Je tiens *sincèrement* à toi.

Elle fondit contre moi et me regarda à nouveau avec cet air émerveillé et plein d'affection qui me mettait toujours dans tous mes états.

— Tant mieux, parce que je tiens beaucoup à toi, moi aussi, Érik.

Je souris et repris ses lèvres.

CHAPITRE 8
ASTRID

Quatre mois s'étaient déjà écoulés depuis le jour fatidique où j'avais désobéi à mon père et m'étais présentée comme prétendante à devenir l'épouse du roi Érik Thorsen. Quatre mois à affronter un défi qui n'en était pas un, sauf le premier jour de chaque mois. L'activation des sceaux était non seulement épuisante, mais aussi de plus en plus douloureuse, comme si on m'arrachait une partie de moi-même. Érik m'assurait que cela ne me causait aucun tort. En effet, à part la douleur passagère de l'activation et la fatigue profonde des heures qui suivaient, je ne semblais souffrir d'aucune séquelle.

Je ne comprenais pas pourquoi c'était si facile, alors que vingt-sept femmes avant moi avaient échoué lamentablement. Arianne, la dernière épouse d'Érik, avait réussi à tenir quatre mois de plus que toutes les autres, soit six mois au total. L'efficacité de la malédiction faiblissait-elle ? Quoi qu'il en soit, je ne me plaindrais pas.

Mon véritable défi était la solitude. Père ne laissait toujours pas Kara me rendre visite, et après l'incident précédent en ville, je limitais le nombre de mes voyages et les gardais courts pour éviter que le médaillon ne devienne rouge. Je ne serais pas vaincue par cette malédiction simplement parce que je brûlais d'envie de m'éloigner du château. J'aurais tout le temps de le faire une fois l'année écoulée.

Au moins, j'avais Érik.

C'était le mari idéal. Malgré ses nombreuses responsabilités, il prenait toujours le temps de s'occuper de moi. Il était gentil, tendre et attentionné. Érik cherchait toutes les occasions de me gâter. Bien que je ne sois pas matérialiste, ses petits cadeaux me touchaient profondément parce qu'ils étaient personnels. Connaissant ma passion pour la botanique et les livres, Érik avait ramené le plus beau cadeau de son dernier voyage diplomatique : une collection complète de livres enluminés sur les soins et la culture des plantes exotiques dans un climat nordique. Chaque fois qu'il le pouvait, il m'apportait également des graines rares et les fils d'or et de soie les plus fins pour mes broderies.

Même s'il me demandait mon avis sur certaines questions, Érik ne m'impliquait pas dans ses affaires d'État. Cependant, en tant que reine, je devais porter une partie du fardeau royal, principalement par le biais d'événements sociaux et de visites diplomatiques. Je devais également entretenir des relations harmonieuses entre le peuple et la couronne, conseiller Érik et le soutenir dans toutes ses fonctions. Je me réjouissais vraiment à l'idée d'accomplir tout cela. Le château était bien trop beau pour être réduit à un simple mausolée.

Mais avec cette épée de Damoclès au-dessus de ma tête, je devais rester dans l'ombre jusqu'à la fin du défi. Il ne servait à rien de nouer des amitiés avec des alliés et d'autres homologues si je devais être remplacée quelques semaines plus tard par une autre.

Je croyais que c'était la raison pour laquelle Érik était si généreux, me donnant tout sauf lui-même. Certes, il semblait apprécier ma compagnie et, loin de faiblir, sa faim insatiable de moi s'était accrue avec le temps. Cependant, il gardait son cœur hermétiquement fermé à mon égard. Je comprenais pourquoi il ne s'autorisait pas une telle vulnérabilité avec cette malédiction, mais cela ne m'empêchait pas de vouloir un vrai lien avec mon mari. Je l'aimais énormément. En fait, j'étais en train de tomber amoureuse de lui, et je voulais qu'il en fasse autant avec moi.

Le soleil de cet après-midi d'été brillait à travers les grandes fenêtres de la salle de travail d'Érik. Assis derrière son imposant bureau, il passait en revue les modifications apportées à certains accords commerciaux avec un État voisin. J'étais assise près de la cheminée, en face de lui, et je travaillais l'or sur une cape que j'étais en train de broder pour lui.

— *Astrid.*

— Oui, Érik ? demandai-je en lui jetant un coup d'œil.

À ma grande surprise, il était toujours au travail.

Levant la tête des documents qu'il examinait, il me regarda d'un air confus.

— Pardon ?

— Euh... Tu as appelé mon nom. As-tu besoin de quelque chose ?

Érik se cala dans son fauteuil en fronçant les sourcils.

— Non, je n'ai pas appelé ton nom, Astrid.

Je le dévisageai un instant, aussi confuse qu'il semblait l'être.

— C'est étrange. J'aurais juré que quelqu'un m'avait appelée. Désolée de t'avoir dérangé, dis-je avec un sourire d'excuse.

Je repris ma broderie, mais son immobilité ramena mon attention vers lui. Érik continuait à m'observer, comme s'il cherchait une réponse. Décontenancée par son regard intense, je remuai sur le canapé.

— Est-ce ma voix que tu as cru entendre ? demanda-t-il.

— Il n'y a que nous deux ici, Érik, dis-je en indiquant la pièce d'un geste.

Il agita une main impatiente.

— Je le sais bien, mais ce n'était pas ma question. La voix que tu as entendue, est-ce qu'elle ressemblait à la mienne ?

Son comportement étrange me déconcerta.

— Eh bien... Hmm... Je n'ai pas vraiment fait attention, dis-je en haussant les épaules. J'ai entendu une voix m'appeler et j'ai automatiquement supposé que c'était la tienne puisque nous sommes seuls ici. Mais non, je ne peux pas jurer qu'il s'agissait de toi. Mais ça n'a pas d'importance, puisque je l'ai clairement imaginé.

L'expression d'Érik ne pouvait être interprétée que comme de la tristesse. Il se frotta le visage des deux mains avant de se pencher sur les documents qui se trouvaient sur son bureau. Il y avait quelque chose qu'il ne me disait pas.

— Qu'est-ce qui ne va pas ? Pourquoi es-tu si troublé ? Ce n'était qu'une erreur.

Son sourire se voulait rassurant, mais il restait trop tendu pour que ce soit crédible.

— Il n'y a pas de problème, ma chérie. Pardonne-moi. Ces accords commerciaux me rendent fou. Je devrais avoir bientôt terminé. Voudrais-tu te joindre à moi pour faire une promenade à cheval par la suite ?

— J'en serais ravie, répondis-je avec un enthousiasme sincère.

Il hocha la tête, apparemment satisfait de ma réponse, et reporta son attention sur les documents qu'il avait devant lui. Je repris mon travail de broderie, sans me rendre compte que ce moment avait marqué le début d'une rupture entre nous qui allait s'approfondir au cours des semaines suivantes.

Bien que toujours aussi charmant, Érik devint distant. Il passait du temps avec moi, comme il l'avait toujours fait, mais il n'était plus aussi affectueux. Il ne m'attirait plus au hasard sur ses genoux pour me caresser la nuque du bout du nez tout en me racontant sa journée. Il ne faisait plus de visites impromptues dans mon boudoir juste parce que je lui manquais. Ses sourires étaient moins fréquents et n'atteignaient plus ses yeux. Il était toujours aussi passionné avec moi la nuit, mais avec une urgence qui frisait le désespoir.

Cela me rappelait trop la première fois où il m'avait laissée seule au château pendant deux semaines. Lorsque je lui demandais s'il y avait un problème, il me répondait que tout allait bien. Nous savions tous les deux que c'était faux. Mais je ne pouvais pas le mettre en cause sans l'accuser d'être un menteur. Cela me brisait le cœur, mais je ne savais pas quoi faire.

Je commençai à entendre des voix qui m'appelaient par mon nom ou qui disaient des choses aléatoires et absurdes, de plus en plus fréquemment. Au début, c'était tous les deux jours. Ensuite, c'était une fois par jour. À présent, je ne comptais plus les occurrences. Je me demandai si je n'étais pas en train de devenir folle à cause du manque de contact humain autre qu'avec Érik. Peut-être étais-je devenue si avide d'interactions sociales que je m'étais inventé un compagnon imaginaire. Après tout, les voix m'appelaient plus souvent quand j'étais seule. J'aurais voulu en parler à Érik, mais il y avait déjà trop de distance entre nous. Je ne voulais pas qu'il me prenne aussi pour une dingue.

Allongée sur le dos, je me tournai vers la forme endormie de mon mari. Nous avions fait l'amour ce soir. Comme toujours, Érik avait été un amant généreux et passionné. Mais après avoir atteint tous deux la plénitude, il s'était tourné sur le côté, dos à moi, et s'était endormi. Érik avait l'habitude de me serrer contre lui après nos ébats. Il s'enroulait autour de moi et ne me lâchait pas, comme s'il craignait que je ne m'éloigne ou ne disparaisse. Mais maintenant...

J'observai le médaillon qui reposait sur ma poitrine. Il brillait de mille feux. Le mois d'août n'était plus qu'à deux jours. Avec lui, le cinquième sceau serait activé. J'avais hâte que cela se termine. Jetant un coup d'œil au dos d'Érik, je luttai contre l'envie de me blottir contre lui. Même si cela me faisait mal, je n'allais pas le supplier de m'accorder son affection. L'heure était tardive, et j'avais besoin de dormir. Me tournant sur le côté, dos à lui, je fermai les yeux.

Le sommeil, toujours aussi insaisissable, avait dû finir par me réclamer, car l'instant d'après, je me retrouvai dans le sous-bois qui menait à ma serre. J'entendis une faible voix au loin. Curieuse de savoir qui se trouvait là, je suivis le chemin. Mais au lieu de mener à ma serre, le chemin se termina au sommet d'une falaise surplombant un petit quai. Un bateau accidenté s'y était échoué et prenait l'eau. La voix émanait de l'intérieur. Il était étrange que je puisse l'entendre à une telle distance. Mais bon, c'était un rêve...

J'ouvris la barrière de sécurité et descendis les escaliers étroits qui menaient aux quais. La voix était maintenant plus forte, appelant désespérément à l'aide. Elle me semblait familière.

— Tenez bon, j'arrive ! criai-je.

— Je vous en prie ! Dépêchez-vous ! Je ne veux pas mourir, répondit une voix féminine effrayée.

Heureusement, je n'eus aucun mal à monter sur le pont du navire, qui était étonnamment au ras du quai, et je me précipitai vers la porte d'où émanait la voix. Je cherchai une poignée mais n'en trouvai aucune. Je poussai la porte de tout mon poids, mais elle ne bougea pas d'un centimètre.

— La porte est coincée ! criai-je en continuant à pousser contre la porte. Y a-t-il quelque chose qui la bloque de votre côté ?

— Elle n'est pas bloquée. Elle est verrouillée, dit la voix. S'il vous plaît, déverrouillez-la. Je me noie !

— Mais comment ? Je n'ai pas la clé. Il n'y a même pas de trou de serrure !

— Si, il y en a un. Regardez en haut, vous verrez le trou de la serrure, dit la voix. Et vous avez la clé autour du cou.

Exactement comme elle l'avait dit, un trou de serrure discret se trouvait au centre de la porte. Autour de mon cou, une clé dorée pendait au bout d'une délicate chaîne en or. Je pris la clé dans ma main, fronçant les sourcils. Où l'avais-je trouvée ? Avant que je n'aie eu le temps d'analyser plus avant mon soudain malaise, la femme se mit à frapper frénétiquement sur la porte, me suppliant de la sauver. Sans réfléchir, j'enfonçai la clé dans le trou et la tournai vers la gauche. Ou plutôt, je tentai de le faire...

La clé résista à tous mes efforts et je craignis qu'elle ne se brise si j'insistais.

— Ça ne marche pas ! La clé ne tourne pas !

— Vous la tournez dans le mauvais sens, dit la voix avec insistance. Tournez-la à droite. Faites-le maintenant !

Je me figeai en entendant ces paroles. Un terrible sentiment d'effroi m'envahit. Quelque chose clochait. Je ne pouvais pas tourner la clé à droite. De terribles choses allaient se produire. Les paroles d'Érik résonnèrent dans ma tête...

« ... *tourne dans le sens inverse des aiguilles d'une montre. Rappelle-toi, toujours à gauche. Tourner dans le sens des aiguilles d'une montre signifie la mort.* »

— Non... je ne peux pas. Érik a dit jamais à droite.

— Il ne s'agit pas d'Érik. Érik a tort. Je vais mourir si vous ne m'aidez pas tout de suite. Tournez la clé immédiatement. Je vous en supplie !

Le claquement de pas résonna derrière moi.

— Astrid !

En regardant par-dessus mon épaule, je vis Érik arriver en courant sur le quai. Il était pieds nus et ne portait que sa tunique de nuit. Son visage avait perdu toute sa couleur, et il avait l'air terrifié.

— Érik ! Nous avons besoin de ton aide. Le bateau est en train de couler et la porte est verrouillée. Nous devons...

Les paumes levées en signe d'apaisement, il s'approcha prudemment de moi.

— Astrid, s'il te plaît... Retire le médaillon du socle et éloigne-toi de la porte. S'il te plaît... dit-il, la voix tremblante de peur.

Mon niveau d'anxiété monta en flèche. Pourquoi mon intrépide Érik avait-il si peur ? Et que voulait-il dire par le médaillon ? Je n'utilisais pas le médaillon. C'était une clé en or. Me retournant vers la porte, j'observai la clé et remarquai soudain l'étrange lueur autour du trou de la serrure. Je plissai les yeux, et comme si un voile se levait, la porte du navire abîmée se transforma en Porte Scellée, et la clé d'or en nautile.

Poussant un cri d'horreur, je retirai le médaillon du socle et m'éloignai précipitamment. Les bras d'Érik se refermèrent autour de moi, et il m'entraîna encore plus loin de la porte. Je m'accrochai à lui avec l'énergie du désespoir, mon corps entier tremblant violemment. La main dans mes cheveux, Érik me serra dans une étreinte écrasante. Je le sentais trembler contre moi, la chaleur de son souffle laborieux balayant mon cou.

La voix cessa de me supplier et se mit soudain à ricaner de façon diabolique.

— À la prochaine fois, Reine Astrid.

— Ignore-la, ma chérie, me chuchota Érik à l'oreille. Il me souleva dans ses bras et m'emmena hors du donjon.

Mon esprit ne cessait de ressasser ce qui s'était passé. Je commençais enfin à comprendre ce qu'Érik avait voulu dire le premier soir lorsqu'il avait déclaré que le défi consistait à résister à la tentation, même s'il s'agissait plutôt de duperie. Pendant les quatre premiers mois, cela avait été un jeu d'enfant. Le dernier mois avait été une autre histoire. Mais contrairement à ce que j'avais cru, ce n'était pas la folie due à un isolement prolongé qui me tourmentait. Les voix étaient réelles, insidieuses. Elles... non, *elle* s'était lentement infiltrée dans mon subconscient et, à mon moment le plus vulnérable, Traxia m'avait attirée avec son chant de sirène vers ma perte.

Une compréhension soudaine s'imposa à moi. Mon regard se porta sur Érik, qui se tenait silencieusement près de l'âtre de notre chambre, me dévisageant. Les pièces du puzzle s'emboîtaient trop bien pour qu'il s'agisse d'une simple coïncidence.

— Qu'est-ce que tu es, Érik ?

Il se figea et plissa les yeux.

— Je suis ton époux.

— Oui. Mais tu n'es pas humain, n'est-ce pas ?

Son visage se ferma, ne montrant aucune émotion.

— Bien sûr que je suis humain, dit-il d'un ton cassant. Que serais-je d'autre ? Tu as vu mes parents, et ma mère m'a mis au monde ici même, au château, assistée par la sage-femme.

— La première fois que j'ai entendu la voix, c'était dans ton bureau, il y a un mois.

Je me levai de mon siège sur le canapé devant le foyer et fis les cent pas dans la pièce.

— Tu t'es alors douté de ce qui se passait. Aujourd'hui, tu as entendu les paroles moqueuses qu'elle m'a adressées. Personne ne peut rester dans le château la nuit, par crainte pour sa sécurité, mais toi, tu le peux. Tu crains qu'ils ne succombent à son attrait... à son chant de sirène, mais tu ne le fais pas. Et ta propre voix est souvent assez... envoûtante. Je me souviens que tu as fait fuir Lord Arne d'une seule phrase, alors qu'il est normalement impossible de le faire fléchir.

Érik serra la mâchoire en entendant ce dernier commentaire. J'avais touché un point sensible.

— Tes cheveux bleus et tes yeux argentés ne sont pas des couleurs normales pour les humains. Chaque fois que toi, ton père ou ton grand-père étiez sur un bateau, il était garanti que la navigation se ferait sans heurts et que les monstres marins se tiendraient à l'écart. C'est pourquoi on vous a tous appelés les Rois des mers.

Il croisa les bras sur sa poitrine et s'appuya sur le manteau de la cheminée.

— Alors, que crois-tu que je sois, ma très chère épouse ?

Je me dirigeai vers mon coffret à bijoux et en sortis le pendentif que j'avais trouvé plusieurs mois auparavant dans la serre. Revenant vers Érik, je lui tendis une main fermée. Il hésita un instant, puis présenta sa paume ouverte. J'y déposai le pendentif.

— Je pense que tu es la même chose que ce qui est enfermé derrière cette porte, dis-je de but en blanc.

Érik blêmit en voyant ce que je lui avais donné. Ses mains tremblèrent lorsqu'il ouvrit le médaillon et regarda les portraits qui lui faisaient face.

— Où as-tu trouvé ça ? murmura-t-il.

— Dans la serre...

Refermant la main sur le médaillon, il me dépassa et se dirigea vers la grande fenêtre qui donnait sur la cour. Il écarta les rideaux et fixa la silhouette dorée du soleil levant à l'horizon.

— Elle a tes cheveux et tes yeux. Il ressemble à ton père. Je suppose qu'il s'agit de ton grand-père, le roi Harald. Elle doit être l'épouse étrangère dont nous avons tous entendu parler, mais qui n'a pas pu régner à ses côtés, à cause de ses devoirs dans son propre royaume. Elle ressemble à s'y méprendre à la sirène coiffée d'une couronne qui se trouve sur la fontaine de la partie abandonnée du jardin.

Les épaules d'Érik s'affaissèrent. Avec un soupir, il se retourna vers moi, un air vaincu sur le visage. Il fit un geste vers le canapé sur lequel je m'étais précédemment assise.

— Assieds-toi, Astrid.

J'obtempérai, repliant ma robe autour de moi.

— Comme on l'enseigne dans les cours d'histoire, il y a quatre-vingts ans, la conquête des Îles de Rathlin, un territoire jusqu'alors non revendiqué, était jugée impossible. Entre le kraken et les fréquentes tempêtes, c'était trop dangereux. Un capitaine audacieux a décidé de défier cette notion. Non seulement les îles étaient des terres fertiles, mais elles se trouvaient au cœur des principales routes commerciales. Celui qui les contrôlerait deviendrait riche et puissant. Il avait donc entrepris de vaincre le kraken et, comme tous ceux qui l'avaient précédé, son navire a été détruit.

Érik regarda les portraits du médaillon et passa son pouce sur le visage de la femme.

— Ce que les leçons d'histoire ne disent pas, c'est que la reine Alinor, souveraine du royaume des sirènes de Llys, s'est entichée de cet humain insensé. Il se cramponnait à l'épave de son navire au milieu des eaux troubles et elle a ordonné à sa sorcière des mers de rappeler le kraken et de calmer les éléments. La reine et le capitaine sont devenus amants et ont fini par se marier. Mais Harald était humain et ne pouvait pas vivre sous la mer.

Ses yeux inquiets fixèrent les miens alors qu'il prononçait ces dernières paroles, sans doute pour jauger ma réaction. Je hochai la tête et lui adressai un sourire encourageant, bien qu'un peu tendu. Il déglutit péniblement, mais une partie de sa tension sembla fondre de ses épaules.

— Il est devenu le roi des Îles de Rathlin afin qu'ils puissent rester proches l'un de l'autre. Ils ont eu deux enfants. Harald amena leur aîné, mon père Brandt, vivre parmi les humains pour qu'il devienne l'héritier du trône de Rathlin. Leur fille, ma tante Eira, devait régner sur les Llysiens après la reine Alinor. Mon grand-père est demeuré fidèle à sa femme et lui a fréquemment rendu visite.

Érik jeta un dernier coup d'œil aux portraits avant de refermer le pendentif. Il se dirigea vers ma coiffeuse, près de la commode, et replaça le médaillon dans mon coffret à bijoux. Je remuai sur le canapé, sachant qu'il gagnait du temps avant de se plonger dans les événements qui avaient fait que cet arrangement harmonieux s'était soldé par la malédiction qui le tourmentait et menaçait ma vie.

— Mon père avait dix-sept ans lorsque la reine Alinor est morte. Le roi Harald l'a emmené aux funérailles pour qu'il puisse rendre un dernier hommage à sa mère et assister au couronnement de sa sœur, ma tante Eira. C'est alors que mon père a rencontré une jeune apprentie sorcière des mers nommée Alba. Ils sont devenus amants et cette liaison a duré douze ans. Elle s'est terminée à la mort du roi, et mon père a fait un mariage politiquement avantageux avec ma mère. Lorsqu'il est allé mettre un terme à sa relation avec Alba, elle a cru qu'il venait lui demander sa main. Elle était anéantie, d'autant plus qu'elle venait d'apprendre qu'elle était enceinte.

Je sus alors exactement où son récit se dirigeait. La malédiction tuait les épouses du roi en place. Évidemment, ce devait être la vengeance d'une femme bafouée. Érik vint s'asseoir à côté de moi, m'observant avec inquiétude.

— Tu as donc un grand frère ou une grande sœur ? demandai-je doucement.

— Une sœur, dit Érik en croisant les mains sur ses genoux. La séparation n'a pas été amicale. Un mois plus tard, mes parents se sont mariés et un an après, je suis né. Mon père m'a emmené à Llys pour que je sois présenté à la reine Eira. Alba avait été promue sorcière royale des mers. Dans un geste de bonne volonté, elle a dit à mon père qu'elle lui avait pardonné et lui a offert un miroir psyché serti de pierreries en guise de cadeau pour ma mère.

— Dis-moi que ton père n'a pas offert un cadeau à sa femme de la part de son ancienne amante bafouée ?

— D'une naïveté stupide, n'est-ce pas ? dit Érik en secouant la tête. Il l'a fait. Et pendant des années, tout a semblé aller pour le mieux, sauf que ma mère a fait des fausses couches ou a accouché d'un enfant mort-né à plusieurs reprises. À chaque fois, ma mère devenait de plus en plus recluse, passant un temps malsain devant sa psyché. C'est alors qu'ils ont compris que quelque chose n'allait pas. J'avais quinze ans lorsqu'ils se sont confrontés à Alba pour son crime odieux. La reine Eira l'a fait exécuter et ils ont enfermé la psyché dans le donjon. Ils ne pouvaient pas la détruire sans tuer ma mère. Elle s'y était trop fortement liée. En fin de compte, même cela ne l'a pas sauvée.

Je posai une main réconfortante sur la sienne. Il entrelaça ses doigts avec les miens et les serra doucement. L'expression de son visage semblait reconnaissante. Je compris qu'il avait craint d'être rejeté à cause de sa lignée. Une partie de moi s'était doutée de sa nature dès que j'avais vu le médaillon, des mois plus tôt. Mais Érik avait raison. Même s'il avait du sang de sirène, il était humain dans tous les aspects qui comptaient. Il était aussi mon mari, l'homme que j'aimais.

— Alors, que s'est-il passé ? demandai-je. La psyché a-t-elle continué à affecter ta mère ?

— Pas exactement. Elle ne pouvait plus l'influencer, mais Mère en était devenue dépendante. Elle devenait folle à force de ne plus avoir accès à cette saloperie de miroir. Père avait décidé de l'emmener loin du royaume pour l'aider à se rétablir. Quelques heures après avoir quitté le rivage, le kraken a attaqué et coulé leur bateau. Ma demi-sœur, Traxia, est également une sorcière des mers.

Ce nom me fit pâlir. Traxia... Soudain, ce rêve étrange que j'avais fait lorsqu'Érik était parti pour une quinzaine de jours me revint en mémoire. Ce n'avait pas été un rêve. Cela avait été la première tentation. Si j'étais allée chercher ce trésor...

— Elle a invoqué le kraken pour venger sa mère et punir mon père de les avoir abandonnées. Elle prétendait qu'il aurait dû épouser sa mère et en faire la reine de Llys à la place de ma tante Eira.

— Elle voulait que ses parents aient le même arrangement que tes grands-parents !

— Exactement, dit Érik en hochant la tête. Traxia s'est

cachée après son crime, car elle savait que notre tante, la reine Eira, la ferait exécuter, elle aussi. Pendant les quatre années qui ont suivi, elle a terrorisé nos côtes et tous les navires qui traversaient nos eaux. La reine Eira m'a aidé à la vaincre. Cependant, elle a estimé que la mort était un châtiment trop clément pour Traxia, qui avait tué son frère, miné son règne et bafoué notre traité de paix. Au lieu de cela, elle a emprisonné Traxia dans la même psyché que sa mère avait utilisée pour torturer la mienne. Traxia devait y rester éternellement, à moins que je ne lui fasse grâce et que je la libère.

— Cette voix... C'était ta sœur ? demandai-je, connaissant déjà la réponse.

— Oui.

— Mais comment ? Ta tante ne t'aurait sûrement pas jeté une telle malédiction ?

— Elle ne l'a pas fait. C'est ma première épouse qui a causé tout cela.

La mâchoire m'en tomba. De toutes les réponses que j'aurais pu imaginer, ce n'était pas celle à laquelle je m'étais attendue.

— Contrairement à la croyance populaire, je ne suis pas revenu maudit de ma victoire contre le kraken. Je ne l'ai pas tué, je l'ai seulement affaibli suffisamment pour que les sorcières des mers llysiennes puissent le reprendre sous leur contrôle. Tout s'est bien passé. Dès que la menace qui pesait sur nos mers a disparu, nos alliés ont commencé à faire pression sur moi pour que je me marie, et c'est ce que j'ai fait.

— Oui, je me souviens des festivités extravagantes. Tout le monde parlait de la beauté et de la grâce de la reine Sacha, dis-je d'un ton pensif.

Érik s'ébroua avec une expression dégoûtée.

— Ce joli visage cachait une enfant incroyablement gâtée. Sacha était aussi fouineuse que cupide. Elle s'était persuadée qu'il y avait des trésors dans la pièce au-delà de la Porte Scellée. Malgré mes avertissements répétés, elle a fureté jusqu'à ce qu'elle trouve la clé nautile et qu'elle ouvre la porte. Traxia l'a envoûtée et s'est servie d'elle comme d'un vaisseau corporel pour faire des ravages. Une fois que le lien est établi, il ne peut être rompu et ne fait que se renforcer. Si Sacha avait vécu, Traxia aurait fini par s'emparer de son corps et aurait repris sa liberté.

Je dégageai ma main de son emprise et me levai brusquement, mettant de la distance entre nous. Il me dévisagea, interloqué par ce qu'il percevait probablement comme une réaction impulsive. Mais la panique montait en moi.

— Elle a établi une connexion avec moi tout à l'heure, dis-je, détestant les tremblements de ma voix. Que dis-tu ? Tout est perdu pour moi ? Tu vas devoir m'abattre, moi aussi ?

Il cligna des yeux, puis secoua la tête.

— Non. Non, ma chérie. Ça ne fonctionne pas comme ça. Elle n'a pas établi de lien avec toi. Elle t'a simplement attirée avec son chant de sirène. Tu ne lui as jamais cédé le contrôle.

Il fit un geste vers le canapé.

— Assieds-toi, s'il te plaît. Tout va bien, Astrid. Tu n'as rien à craindre.

Mes yeux scrutèrent les siens, évaluant son honnêteté. Lorsqu'il soutint mon regard sans broncher, la tension qui me nouait le dos s'estompa. D'un pas chancelant, je retournai vers le canapé et m'y assis, le fixant toujours avec inquiétude. Il sourit et tendit la main vers moi. Je la regardai, hésitant avant de mettre la mienne dans la sienne. Il la serra, son visage fondant de gratitude.

— Ma première femme a libéré Traxia. Par conséquent, la porte ne peut être refermée que par mon épouse. Jusqu'à ce que les douze sceaux soient réactivés, toute personne exposée suffisamment longtemps à ses chuchotements peut tomber sous son emprise.

Me détachant à nouveau de lui, j'allai me poster près de l'âtre, les yeux perdus dans les flammes vacillantes. Je l'entendis s'approcher de moi. Son parfum épicé taquina mon nez avant que la chaleur de son corps ne se presse contre mon dos. Érik m'entoura de ses bras, et je m'appuyai sur lui.

— Je ne veux pas te perdre, Astrid.

Sa voix était pleine de douleur.

— J'avais juré de ne pas me permettre de m'attacher à toi, mais c'est le cas. Tu t'es enfouie si profondément dans mon cœur que l'idée d'un avenir sans toi me torture. J'ai essayé de me distancer de toi, mais tu es tout ce à quoi je pense, tout ce que je veux. Quand je t'ai vue devant cette porte...

Érik me retourna et me prit le visage à deux mains. Je n'arrivais pas à croire les paroles qui sortaient de sa bouche. Des mots que j'attendais depuis longtemps, surtout au cours des dernières semaines où il s'était fermé à moi.

— Je t'aime, Astrid. Il ne peut y avoir aucune autre personne pour moi. Je ne survivrai pas à ta perte. Je t'en prie, ma chérie, sois forte. Tu as déjà parcouru tant de chemin... Je ne peux pas...

Les larmes glissèrent sur mes joues, mais je souriais en entendant ces paroles bénies.

— Je t'aime aussi, Érik. Tu ne me perdras pas. Je ne savais pas qui était mon ennemi avant, mais maintenant je le sais. Elle ne me trompera pas deux fois.

— Mon amour, murmura-t-il.

Il embrassa mes lèvres avec passion, puis me porta jusqu'au lit.

CHAPITRE 9
ÉRIK

Après un ultime long baiser passionné, je relâchai Astrid avec beaucoup de réticence. Les regards des serviteurs et des gardes pesaient lourdement sur nous. Je n'avais pas besoin de les observer pour savoir à quel point ils étaient stupéfaits d'une telle démonstration d'affection. Bien que je me sois toujours efforcé d'être aimable avec mes épouses précédentes, j'avais soigneusement évité de tomber amoureux de l'une d'entre elles. Dans le cas d'Astrid, ce bateau avait depuis longtemps pris le large.

Je caressai doucement sa joue, me délectant de l'amour avec lequel elle me regardait. Par les dieux, je ne pouvais pas perdre cette femme.

— Je te verrai plus tard, ma chérie, dis-je d'un ton doux.

Elle hocha la tête en souriant. Incapable de résister, j'effleurai une dernière fois ses lèvres avant de l'aider à monter sur sa monture. Astrid me fit un signe d'adieu avant de galoper vers la serre. Je restai là, à fixer sa silhouette qui s'éloignait jusqu'à ce qu'elle disparaisse de mon champ de vision.

Lorsque je me retournai pour faire face à Tormund, qui se tenait à quelques pas de moi, je surpris les expressions des gardes et des serviteurs, qui me dévisageaient avec pitié. Cela m'exaspéra. Je me moquais que le passé leur donne toutes les raisons de penser qu'Astrid échouerait elle aussi.

— Gardez vos pensées pessimistes pour vous, lançai-je aux domestiques, les faisant sursauter. Si vous ne pouvez pas contrôler vos émotions en présence de la Reine, alors je n'ai pas besoin de vous ici !

Ils pâlirent, la honte et la culpabilité se dessinant sur leurs traits, tandis que Tormund les foudroyait du regard, à la fois outragé et livide. D'un geste sec du poignet, il leur indiqua de partir sur-le-champ. Ils déguerpirent à toute vitesse, la tête basse.

— Mes excuses, votre Majesté. Je veillerai à ce qu'ils soient correctement disciplinés, dit Tormund d'un air à la fois embarrassé et consterné.

Je fis un geste dédaigneux de la main.

— Veillez simplement à ce que seules les personnes positives soient autorisées à côtoyer la reine. Elle porte un fardeau suffisamment lourd pour ne pas avoir à supporter ce genre d'absurdités, dis-je d'un ton cassant.

— J'y veillerai, votre Majesté.

— Annulez toutes mes audiences aujourd'hui. Je m'absenterai quelques heures. Seul...

Il se raidit, sa curiosité habituelle mêlée d'inquiétude se reflétant sur ses traits. Même si je faisais confiance à Tormund – et c'était le cas – il valait mieux ne pas dire certaines choses. Un jour, je lui avouerais ce que je tramais lorsque je disparaissais sans gardes et sans partager ma destination ou mon but.

— Très bien, votre Majesté. Devons-nous nous attendre à votre retour ce soir ? demanda-t-il.

— Bien sûr, répondis-je, mon expression montrant clairement que je ne comprenais pas pourquoi il supposait le contraire. Je ne laisserai pas la reine seule dans le château la nuit. Je serai de retour avant le dîner.

Il s'inclina et partit vivement. Je me dirigeai vers mon bureau et appuyai sur quelques pierres discrètes dans un ordre précis pour ouvrir la porte du passage secret. Le mur s'écarta, révélant un long couloir, assez large pour que quatre personnes puissent marcher côte à côte. Malgré la distance, je pouvais déjà sentir l'odeur salée de l'océan. Des cristaux magiques incrustés dans les murs de pierre à égale distance les uns des autres baignaient le passage d'une lumière féerique, m'évitant d'avoir recours à une torche.

Après un peu moins de dix minutes de marche, une lumière naturelle inonda le bout du tunnel, le bruit du vent et des vagues devant moi m'indiquant que j'approchais de ma destination. Je débouchai sur la plage d'une crique secrète et suivis le rivage en pente vers la gauche, en direction de la formation rocheuse qui clôturait la zone. Je pénétrai dans une petite grotte – si tant est qu'on puisse l'appeler ainsi. Elle s'ouvrait sur deux côtés. J'étais entré par la première. La seconde donnait directement sur l'océan, avec l'eau à quelques mètres en dessous.

Je me déshabillai, empilai mes vêtements proprement sur un affleurement de rochers qui formaient une étagère naturelle, puis je retournai au bord. Sans hésiter, je plongeai dans l'eau. Quelques secondes avant de toucher l'eau, mes membranes nictitantes se refermèrent devant mes yeux pour les protéger. Même si nous étions encore à la fin de l'été, la froideur de l'eau me mordit la peau. Je l'ignorai, serrant mes jambes l'une contre l'autre et étirant mes bras devant moi. Une sensation de coups de poignards parcourut l'intérieur de mes cuisses alors qu'elles fusionnaient pour former ma queue. Simultanément, une sensation de pincements me griffait le cou alors que mes branchies s'ouvraient.

Je commençai à onduler sous l'eau tandis que ma queue finissait de se former, me propulsant vers l'avant. Me préparant, j'inspirai par mes branchies, les dents serrées pour faire taire un sifflement douloureux provoqué par la vive brûlure normale des premières respirations sous l'eau. En tant qu'hybride – et de deuxième génération qui plus est – je ne pouvais former qu'une couche superficielle d'écailles. Cela ne me protégeait pas beaucoup des attaques, des blessures ou des parasites. En revanche, elle réduisait la résistance de l'eau lorsque je nageais, ce qui me permettait d'atteindre des vitesses record.

Mon malaise, de même que l'impression d'étouffer, s'estompèrent au fur et à mesure que la température de mon corps se régulait pour fonctionner dans ce nouvel environnement. Mes poumons tergiversaient toujours avant de s'ajuster à cette nouvelle méthode de respiration, en grande partie parce que je ne l'utilisais que trop rarement depuis la mort de mon père. Même si les Llysiens avaient toujours été accueillants avec moi, je ne me sentais pas à ma place parmi eux.

Comme à chaque fois que je me rendais à Llys, mon cœur se serra à cause de la perte prématurée de mon père. Je n'avais jamais été très proche de ma mère, en grande partie parce qu'elle avait été trop obnubilée par le miroir, sans parler des innombrables fausses couches qui l'avaient plongée dans une spirale dépressive. Mais notre nature secrète nous avait aussi rapprochés, mon père et moi. Même si je n'avais pas autant d'affinités avec l'eau que lui, j'aimais passer du temps à pêcher au harpon sous l'eau en sa compagnie, selon les méthodes traditionnelles des Llysiens, ou à explorer le royaume aquatique tout en perfectionnant mes capacités uniques.

Je nageai au milieu d'un énorme banc de poissons. Ils ne se dispersèrent pas, certains d'entre eux venant même nager à côté de moi sur une courte distance. Un autre pincement au cœur me serra la poitrine, me rappelant comment mon père m'avait appris à communiquer avec les animaux marins, en particulier les mammifères aquatiques, et les jeux que nous faisions avec eux.

J'aurais aimé pouvoir partager des moments similaires avec Astrid. Elle n'aurait jamais de branchies comme un Llysien – ou un hybride comme mon père et moi. Cependant, il existait des moyens de permettre à un humain de respirer sous l'eau. Après tout, cela avait permis à mon grand-père et à la reine Alinor de se rencontrer. Une puissante envie m'envahit à l'idée d'amener ma femme devant le trône llysien afin de présenter notre premier-né à son autre peuple.

Notre enfant héritera-t-il de mes pouvoirs ?

Je voulais le croire. Mais je ne le saurais pas tant que la malédiction ne serait pas levée. Aucune de mes épouses – et plus largement, aucune reine de Rathlin – ne pourrait jamais concevoir tant que la magie maléfique de la psyché continuerait à filtrer par la porte. Seul un scellement complet mettrait fin à ses effets néfastes. Si nous ne parvenions pas à arrêter Traxia, elle mettrait fin à ma lignée.

Les douces lueurs de Llys apparaissant au loin chassèrent ces sombres pensées. Je ne pourrais jamais me lasser du spectacle envoûtant des Llysiens nageant dans une danse gracieuse. Ils donnaient toujours l'impression de se mouvoir sans le moindre effort. Mais c'étaient aussi les magnifiques couleurs de leurs écailles irisées qui rendaient ce spectacle encore plus magique. Ils se déclinaient dans toutes les nuances, leurs cheveux étant de la même couleur que leur queue, et leur peau d'une teinte plus pâle.

Comme eux, ma queue avait la même couleur bleu nuit que mes cheveux. En revanche, ma peau n'avait pas de teinte bleue plus pâle. Heureusement, car il m'aurait été impossible de me faire passer pour un humain. Je saluai quelques visages familiers qui me répondirent par un signe de la main ou me saluèrent par des chants ultrasoniques.

Je n'avais aucun mal à émettre des clics ultrasoniques pour écholocaliser une cible ou évaluer mon environnement, mais mon chant de sirène sous-marin n'était pas à la hauteur. Si je pouvais l'utiliser pour aguicher et contrôler la plupart des mammifères aquatiques, il n'avait que peu d'effets sur les Llysiens, qu'ils soient dans l'eau ou sur la terre ferme. En revanche, je n'avais aucun mal à soumettre les humains à ma compulsion.

Je me dirigeai directement vers le palais, ignorant les magnifiques bâtiments qui, de loin, ressemblaient à des récifs coralliens élaborés. Les humains se seraient noyés depuis longtemps avant de pouvoir s'approcher suffisamment pour voir l'architecture complexe de la ville. Les gardes me firent un signe de tête tandis que je nageais jusqu'à l'entrée du grand hall. Je sortis de l'eau, ma queue se détachant tandis que je comblais la distance qui me séparait de la courte volée de marches menant à l'étage principal.

Mes branchies se refermèrent et ma première inspiration par le nez me donna le vertige. J'avais toujours l'impression de recevoir un afflux excessif d'oxygène après celui, plus rare, que m'avaient procuré mes branchies. Les mains posées sur la première marche, le corps toujours dans l'eau, je pris un moment pour me ressaisir avant de me hisser hors de l'eau. Je gravis la poignée de marches tout en essorant l'excès d'eau de mes cheveux.

Même si personne ne sourcillerait en voyant quelqu'un se promener entièrement nu, les Llysiens portaient presque toujours une forme de vêtement, principalement autour de leurs organes génitaux, et généralement sous la forme d'une jupe. Les femmes ne couvraient pas leurs seins, qui étaient généralement plus petits que ceux d'une femme ordinaire. Heureusement, une série d'étagères à l'entrée du grand hall offrait des jupes de toutes les tailles et de tous les styles à la disposition de tous. J'en pris une et la passai autour de ma taille en marchant sur les dalles de pierre pâle qui pavaient la pièce et en pénétrant dans le couloir.

Je hochai la tête à l'intention des gens qui déambulaient tout en me dirigeant vers la salle du trône. Avant que je ne l'atteigne, une voix séduisante et rauque appela mon nom depuis le côté gauche de la pièce.

— Érik. Nous t'attendions, dit Inga.

Je jetai un coup d'œil dans sa direction et la trouvai debout près de l'escalier gardé menant à la ménagerie. Âgée de cinquante-neuf ans, la sorcière royale des mers n'en paraissait guère plus de vingt-huit. Sa peau était d'un brun pâle, avec des écailles de bronze et d'or, assorties à ses cheveux d'un brun cuivré. Ses yeux jaunes semblaient briller sur sa peau hâlée. Inga souriait de sa manière indéchiffrable habituelle, qui donnait toujours l'impression qu'elle connaissait un secret incroyablement juteux.

Elle me fit signe de venir d'un geste de ses doigts longs et fins. Comme la plupart des autres Llysiens, elle était nue, à l'exception d'une jupe blanche et or ouvragée qui lui tombait jusqu'au milieu des cuisses. Là où mes écailles disparaissaient complètement lorsque je me débarrassais de ma queue pour marcher sur deux jambes, les Llysiens pur-sang comme elle conservaient toujours les leurs.

Comme c'était la norme chez son peuple, les écailles d'Inga étaient beaucoup plus fines sur sa poitrine et les cercles sombres de ses mamelons, avant de s'estomper sous son cou. Contrairement à moi, hors de l'eau, les branchies des Llysiens, de chaque côté de leur cou, restaient entièrement visibles, alors que les miennes se refermaient en lignes à peine perceptibles. En les observant de près, on aurait pu facilement confondre mes branchies fermées avec des cicatrices presque effacées.

— Tu m'attendais, hein ? demandai-je en réduisant la distance qui nous séparait.

Elle hocha la tête, ses yeux étudiant mes traits comme s'ils allaient révéler mes propres secrets.

— J'ai senti ton agitation, pour ne pas dire ta détresse. Eira est en bas. Viens.

Sans attendre ma réponse, Inga descendit immédiatement les escaliers. Mon front se plissa tandis que je me demandais ce que sa magie avait bien pu révéler, mais je me pliai à sa requête. Si les

Llysiens observaient une hiérarchie assez stricte, ils ne s'embarrassaient pas de formalités comme les humains. Ils s'adressaient à tout le monde par leur prénom, même à la reine Eira. Personne ne se promenait en mentionnant son titre à tout bout de champ.

Nous descendîmes dans les entrailles du palais, les murs de pierre cédant la place à des parois de verre renforcé derrière lesquelles se trouvait le redoutable kraken. Bien plus loin dans le couloir de côté, d'autres créatures de combat étaient enfermées, chacune dans son propre enclos.

Les yeux immenses du kraken – chacun plus grand que ma tête – se mirent immédiatement à briller lorsqu'il me vit. Il se rapprocha, ses énormes tentacules glissant sur le verre renforcé. Certaines de ses ventouses pulsaient comme s'il essayait de me sentir à travers le mur qui nous séparait.

— Cher neveu, tu es enfin arrivé, dit la reine Eira.

Je détournai mon regard de mon adversaire pour lui rendre hommage. Elle était le portrait craché de sa mère, ma grand-mère la reine Alinor. D'elle, nous avions tous deux hérité des cheveux bleu nuit et des yeux argentés.

— Bonjour, Tante Eira. Pourquoi ai-je l'impression que vous m'attendiez toutes les deux ? demandai-je avant d'embrasser doucement sa joue.

— Parce que c'est le cas, bien sûr, répondit-elle avant de caresser ma barbe. Franchement, vu l'agitation du kraken la nuit dernière, nous nous attendions à de terribles nouvelles.

— Et elles ont failli l'être, dis-je lugubrement avant de raconter comment Traxia avait failli piéger Astrid.

Inga fronça les sourcils en réfléchissant à mes paroles.

— Traxia devient de plus en plus créative et élaborée dans ses supercheries. Ta femme doit lui opposer une sérieuse résistance.

— Astrid s'en sort tellement mieux que je ne l'aurais imaginé, dis-je, le cœur partagé entre l'admiration et la peur de la perdre. Les quatre premiers mois, j'avais l'impression qu'elle ne sentait même pas la présence de Traxia.

— Ce qui est vraiment impressionnant. Il faut une sacrée force mentale pour résister au chant de sirène d'une sorcière des mers, dit pensivement Inga avant de me jeter un regard interrogateur. A-t-elle du sang magique dans ses ancêtres ?

Je secouai la tête.

— Pas que je sache. Astrid peut paraître effacée, presque timide parfois. Mais lorsqu'on s'y attend le moins, elle fait preuve d'une grande force et d'une assurance dont on ne soupçonne pas l'existence. Elle a dépassé toutes mes espérances.

— Je vois, dit tante Eira. Elle a presque tenu cinq mois déjà. Soit tu fais quelque chose de bien, soit tu choisis des épouses plus fortes.

Je grognai et fis un geste dédaigneux de la main avant d'aller me placer devant le kraken. Il se plaqua davantage contre la vitre qui nous séparait. Enfant, une telle proximité m'avait terrifié. Comment une simple vitre, aussi renforcée soit-elle, pouvait-elle nous protéger de cette force de la nature presque divine, dotée de pouvoirs incroyables sur les éléments ? Mon père m'avait dit que les enchantements des sorcières des mers empêchaient la bête d'attaquer, mais je n'avais pas été convaincu. Comment la magie d'une sorcière pouvait-elle contrôler un tel être ?

Et pourtant...

— Je ne fais certainement rien de bien. Franchement, je ne fais rien. Le mois dernier a été de plus en plus difficile pour Astrid. Tout ce que je peux faire, c'est rester là, à regarder, impuissant, Traxia la rendre lentement folle.

Je me retournai pour leur faire face, ne faisant aucun effort pour cacher le désespoir qui me rongeait de l'intérieur.

— Mois après mois, année après année, j'ai accepté d'être à jamais piégé dans ce cycle sans fin de tourments et de mort, crachai-je, la colère et l'angoisse couvant en moi. J'ai accepté le fait que je serais le dernier de ma lignée, car aucune épouse ne pourra vaincre Traxia. Mais je ne serai plus capable de faire ça.

— Érik ! Qu'est-ce que tu dis ? demanda ma tante, la tension sur son visage reflétant celle de sa voix.

— Exactement ce que je viens de dire ; je ne peux plus faire ça. J'ai essayé d'être un bon mari pour chacune de mes anciennes épouses et de leur donner le plus de bonheur possible pendant le peu de temps qu'il leur restait. À chacun de ces bals, je choisis la prochaine jeune fille qui va mourir, j'accomplis mes devoirs le temps qu'elle résiste et je la pleure comme il se doit après lui avoir tranché la tête. Mais pas avec Astrid.

— Elle n'est pas encore morte, fils, argua Eira.

— PAS ENCORE ! criai-je. *Pas encore* morte ! Aucune de vous deux ne pense qu'elle va s'en sortir. Vous vous attendez à ce que je me contente de suivre la procédure, de la décapiter lorsqu'elle aura échoué, puis de recommencer avec une autre.

— Nous avons tous nos devoirs, dit Eira d'une voix sévère, son visage se fermant.

— JE CRACHE SUR LES DEVOIRS ! Je ne ferai plus cela, sifflai-je.

— Très bien, dit Inga de ce ton hautain que je détestais tant. Ne le fais plus. Et après ? Tu vas prendre le large et fuir pour aller lécher tes plaies pendant que la population de Rathlin et de Llys se fait décimer par Traxia et le kraken ?

— Non, dis-je d'une voix lasse, ma colère s'évanouissant aussi vite qu'elle avait jailli, me laissant glacé et vide. Si les dieux le veulent, cette fois, je mourrai avec elle.

Les deux femmes pâlirent, le choc et l'incrédulité se dessinant sur leurs visages.

— Tu ne peux pas être sérieux ! chuchota Eira.

Je ne répondis pas et me contentai de soutenir son regard, mes yeux lui donnant la confirmation qu'elle cherchait.

— Il l'est, répondit Inga à ma place avec une soudaine compréhension. Tu es amoureux de ta femme.

Je fermai les yeux et poussai un soupir douloureux avant de me détourner d'elles. Un millier d'épées brûlantes me poignardaient le cœur à l'idée du sort qui attendait Astrid.

— Je ne peux pas la perdre. Je ne survivrai pas à sa perte... pas elle.

Les pieds nus d'Eira foulèrent légèrement le sol de pierre avant que sa main fraîche ne caresse doucement l'arrière de mon épaule.

— Oh, mon fils, je suis vraiment désolée, dit ma tante, la voix pleine de compassion.

Ma colère voulait à nouveau exploser. Je n'avais que faire de sa sympathie. Nous avions besoin de solutions, de mesures concrètes pour contrecarrer les assauts incessants de Traxia.

— Je n'ose imaginer à quel point tout cela est difficile pour toi, continua Eira d'une voix apaisante. Tu sais que je ferais tout en mon pouvoir pour t'aider. Érik, tu es le fils unique de mon frère, et je t'aime comme si tu étais mon propre enfant. Mais...

— Mais rien, l'interrompis-je en me retournant pour lui faire face. Si tu m'aimes, aide-moi ! Aide-nous ! Avec toute cette magie, il y a sûrement plus que tu puisses faire pour étouffer la voix de Traxia ? Il doit y avoir un talisman ou une babiole...

— Nous ne *pouvons pas* faire ça, Érik. Tu le sais bien, dit ma tante en m'interrompant à son tour. *Nous* ne pouvons pas intervenir. C'est à *elle* de relever ce défi. Tout talisman ou magie que nous utiliserons brisera le pacte, et Traxia sera automatiquement libérée. Tu le sais très bien. Je donnerais n'importe quoi pour que ce cauchemar prenne fin. Je ne peux pas non plus avoir d'héritier tant que cette malédiction n'est pas levée. Je suis également une reine de Rathlin.

J'eus un mouvement de recul, rendu muet par cet aveu. J'avais toujours pensé que son absence de descendance était simplement due au faible taux de reproduction des Llysiens, et non à la malédiction.

— Mais... Comment ? La psyché maudite est à l'intérieur du donjon, arguai-je.

— Le kraken est ici, répondit Eira d'un ton factuel avant de jeter un bref coup d'œil à la créature, qui me fixait toujours intensément. Tant que son lien de sang avec Traxia perdurera, je resterai stérile. Ne doute pas que je veuille en finir autant que toi. La seule chose que l'on puisse faire, c'est de rester fidèlement aux côtés d'Astrid. Prête-lui ta force quand elle en a besoin. Laisse l'amour que tu éprouves pour elle lui rappeler ce pour quoi elle se bat.

Mon cœur se brisa un peu plus à chaque mot qu'elle prononça. J'avais su en venant ici que ce serait sa réponse. S'il y avait eu une autre solution, elle l'aurait partagée avec moi des années auparavant. Maintenant, savoir à quel point la malédiction l'affectait elle aussi, et à quel point elle restait impuissante, m'écrasa encore plus.

— Je ne peux pas la perdre, répétai-je d'une voix brisée.

— Oh, mon fils, murmura-t-elle à nouveau, m'attirant dans ses bras.

J'enfouis mon visage dans ses cheveux, luttant contre les larmes qui me piquaient les yeux. La gorge douloureusement serrée, je l'écoutais fredonner une douce mélodie tout en caressant mes cheveux, la vibration de sa voix de sirène m'apaisant au plus profond de moi. Pendant un instant, j'eus presque l'impression de redevenir un petit garçon lorsque ma mère me consolait. Ces jours de bonheur et de normalité avaient été bien trop brefs avant qu'elle ne sombre progressivement dans la folie.

— Il y a peut-être quelque chose que tu pourrais faire, dit soudain Inga d'une voix hésitante.

Je relevai la tête et la fixai avec un espoir impossible qui fleurissait dans mon cœur. Ma tante me libéra partiellement pour regarder avec curiosité sa sorcière des mers par-dessus son épaule.

— Tu l'aimes vraiment, n'est-ce pas ? demanda Inga.

— Oui, répondis-je avec conviction. Mon cœur et mon âme lui appartiennent. Il ne peut y avoir personne d'autre.

— Est-ce *qu'elle* t'aime ? demanda Inga.

Je clignai des yeux, surpris par cette question.

— Oui, je crois qu'elle m'aime.

— Ta femme te l'a-t-elle déjà dit ? Son comportement l'a-t-il montré ? insista-t-elle.

Je fronçai les sourcils, déconcerté par cette question.

— Oui, elle l'a dit. La façon dont elle me regarde, me touche et interagit avec moi le confirme. Il n'y a aucun doute dans mon esprit qu'Astrid m'aime.

— Parfait, alors utilise cela pour contrer les attaques de Traxia, répondit Inga.

— Qu'est-ce que ça veut dire ? demandai-je, agacé par son ambiguïté. Comment suis-je censé utiliser les sentiments que ma femme et moi partageons contre Traxia ?

— En utilisant ta compulsion sur Astrid chaque fois que Traxia essaiera de la tenter.

Je me raidis.

— Tu es folle ?

— Inga ! Tu sais très bien qu'il ne peut pas faire ça ! Astrid doit résister à la tentation par sa propre volonté. Érik ne peut pas la forcer à ignorer le chant de sirène de Traxia, que ce soit physiquement ou autrement.

— Je ne le lui demande pas non plus, dit calmement Inga. Tu ne peux pas utiliser ta voix pour lui dire de ne pas ouvrir la Porte Scellée, ou pour lui dire de bloquer la voix de Traxia. Mais *tu peux* lui donner une autre compulsion sur laquelle se concentrer, une compulsion qu'elle n'aura aucune raison ou envie de combattre. Il est facile de céder à quelque chose que l'on veut. Choisis quelque chose qui repose sur les moments heureux que vous partagez tous les deux, et qui n'a pas besoin d'être sexuel. Lorsqu'elle devra choisir entre obéir aux ordres de Traxia et passer un moment agréable avec l'homme qu'elle aime, le choix sera plus facile. Et ce choix restera entièrement le sien.

Mes lèvres s'entrouvrirent et mes yeux s'écarquillèrent de compréhension.

— Tu es brillante. Bien sûr que je peux le faire ! murmurai-je, le cœur gonflé à bloc.

— Mais je dois te prévenir, Érik, que tu ne dois pas en abuser, avertit Inga. Cela créera une tension mentale qui pourrait briser Astrid. Ne l'incite pas trop vigoureusement. Amadoue-la. Bats en retraite, si nécessaire, pour lui donner le temps de souffler, puis recommence à l'aguicher en douceur. Tu ne peux pas la marteler avec ta compulsion.

Je fronçai les sourcils et hochai lentement la tête.

— Je comprends.

— Ne l'utilise qu'en cas de besoin. Et si possible, charme Astrid dès le début, dès que Traxia tente de l'attirer, alors que la tentation est encore faible, ajouta Inga.

— Je m'en souviendrai. Merci, dis-je avec une sincère gratitude.

— Oui, merci, dit tante Eira en regardant affectueusement sa sorcière des mers.

— Ce n'est qu'un outil supplémentaire, avertit Inga une fois de plus. Votre véritable pouvoir est l'amour que vous partagez. Sois là pour elle et soutiens-la de toutes les manières possibles.

— Je le ferai. Merci encore, répondis-je.

Le kraken agitant ses tentacules sur la paroi de verre attira mon attention. Ses yeux brillaient d'une intensité accrue tandis qu'il me fixait.

— Tu veux me tuer, n'est-ce pas ? demandai-je d'un ton moqueur.

— Non, il ne veut pas, répondit Tante Eira à sa place, l'air amusé. Son lien entravé avec Traxia le déstabilise. Normalement, il se contente de bouder. Mais ta présence le fait réagir. Non pas parce que Traxia te considère comme son ennemi, mais parce que vous partagez le même sang et que tu l'as vaincu.

— Quoi ? demandai-je, abasourdi.

— Traxia et toi avez le même père. Votre sang est suffisamment similaire pour qu'il veuille se lier avec toi à la place, expliqua Eira. Tu l'as aussi battu, ce qui fait de lui ton serviteur.

— Alors pourquoi représente-t-il une menace pour le royaume et pourquoi te maudit-il ? demandai-je.

— Parce que Traxia a encore du pouvoir sur lui. Vaincs-la et tu seras véritablement le roi des mers des Îles de Rathlin, avec le kraken à tes ordres.

CHAPITRE 10
ASTRID

Les semaines qui suivirent me mirent sérieusement à l'épreuve. Après cette nuit fatidique, la voix de Traxia devint une compagne constante, bruyante et odieuse. Malgré ma détermination à ne pas tomber dans le piège de sa compulsion, il m'était presque impossible de résister à l'attrait de son chant de sirène. Ce n'était qu'une question de temps avant que je ne cède à son appel. Heureusement, je n'étais plus jamais seule, de jour comme de nuit. Alors que les serviteurs gardaient encore leur distance, Tormund veillait à ce que quelqu'un m'ait toujours dans son champ de vision lorsque je me trouvais dans l'enceinte du château. Cela ne pouvait pas fonctionner à long terme. À six mois de la fin, je devais trouver un autre moyen.

Pendant la journée, Traxia se montrait plutôt discrète, concentrant ses attaques la nuit, lorsque le sommeil me rendait plus vulnérable. Mais elle intensifia progressivement ses assauts, jusqu'à devenir impitoyable. La présence d'Érik à mes côtés rendait les choses plus faciles, surtout lorsqu'il me parlait avec cette tonalité altérée dans sa voix. Elle étouffait tout le reste. Je pensais qu'il avait aussi une sorte de voix de sirène.

Mais comme toujours, il rencontrait des nobles – locaux et

étrangers – et dirigeait sa cour. Je détestais ne pas pouvoir être à ses côtés. J'avais constamment l'impression d'être un secret honteux. Mais les gens se laissaient distraire par ma présence. Et franchement, je détestais les regards de pitié et la curiosité morbide avec lesquels ils me dévisageaient.

En revanche, si Traxia ne finissait pas par se taire, j'allais devenir folle. Je détestais le son de sa voix dans ma tête, chuchotant sans cesse mon nom, ou fredonnant des comptines d'une manière moqueuse et sinistre. Elle n'essayait même pas de m'attirer vers la Porte Scellée. Elle cherchait simplement à me rendre dingue, à briser ma volonté pour pouvoir ensuite faire de moi ce qu'elle voulait.

Avec un grognement exaspéré, je jetai ma broderie sur le canapé et me levai d'un bond avant de sortir en trombe de mon boudoir. La servante qui était opportunément postée à l'extérieur de la pièce se raidit immédiatement, l'inquiétude se dessinant sur son visage lorsqu'elle remarqua mon humeur. Même si je ne lui prêtais guère attention, je ne remarquai pas moins son soulagement lorsque je me dirigeai vers la sortie du château plutôt que vers le donjon.

Les gardes poussèrent les portes massives du château dès qu'ils me virent approcher. Après quelques pas à l'extérieur, l'étau qui broyait mon esprit relâcha soudain son emprise d'au moins la moitié. J'aurais pu pleurer de joie. En voulant plus – en ayant besoin de plus – je m'éloignai encore de quelques mètres du bâtiment, courant presque, chaque pas m'apportant un peu plus de répit.

Et puis je compris enfin.

Un million de pensées m'envahirent l'esprit alors que je trouvais enfin la solution à mes malheurs. Je m'étais demandé pourquoi les quatre premiers mois avaient été si faciles et pourquoi les deux derniers avaient été de plus en plus difficiles. De toutes les précédentes épouses d'Érik, Arianne avait résisté beaucoup plus longtemps que les autres. Je n'étais pas parvenue à trouver ce qu'elle et moi pouvions avoir en commun pour expliquer notre réussite. La réponse était si évidente que je me sentais maintenant complètement idiote de ne pas l'avoir vue plus tôt.

Comme moi, Arianne aimait les activités de plein air. Elle était une artiste et avait passé la plupart de ses journées à peindre dans le jardin ou dans l'une des cours. Elle s'était souvent promenée dans les bois entourant le château, à la recherche d'oiseaux et d'autres petites créatures sauvages qu'elle pouvait dessiner. La saison froide l'avait ramenée à l'intérieur. Ma serre nécessitant beaucoup moins d'entretien et la plupart de mes plantes arrivant lentement à maturité, j'avais peu de raisons de quitter le château aussi souvent.

En l'espace de quinze jours, alors qu'elle restait plus souvent à l'intérieur, Arianne avait succombé. Pas étonnant que les serviteurs ne dormaient pas dans le château. Ils auraient eux aussi été victimes d'une exposition constante.

L'esprit en ébullition, je jetai un coup d'œil aux terres du château. Je ne pouvais pas passer mes journées dans la serre à regarder les plantes pousser. De toute façon, l'automne approchait déjà. Bientôt, il ferait trop froid pour que je puisse m'y réfugier. Je ne pouvais pas m'absenter du château pendant de longues périodes, aussi avais-je besoin d'un endroit chaud et confortable à l'extérieur du château, mais dans son enceinte, où je pourrais passer mes journées.

Malheureusement, contrairement à d'autres palais étrangers, Rathlin n'avait pas de pavillon de la reine. Je n'allais pas m'asseoir dans les écuries, et encore moins dans le hangar à calèches. Qu'y avait-il d'autre ?

Le pavillon de chasse !

Mes yeux s'écarquillèrent de stupeur et mon cœur s'emballa. Ne voulant pas retourner à l'intérieur et subir encore les sévices de Traxia, je demandai à l'un des gardes d'aller chercher Tormund. Devant la rapidité avec laquelle le majordome apparut, je devinai qu'il était resté tapi dans les parages. La servante l'avait sans doute prévenu de mon départ précipité de mon boudoir. Cela me faisait chaud au cœur d'avoir autant de gens qui veillaient sur moi, mais cela me donnait aussi l'impression d'être prise au piège. Pour quelqu'un qui aimait son intimité, le fait d'être constamment espionnée me paraissait étouffant. Pourtant, dans ce cas précis, si cela pouvait m'aider à traverser cette année horrible, je m'en réjouissais.

— Votre Altesse ? demanda Tormund dès qu'il me rejoignit.

Malgré ses efforts pour cacher ses émotions, son air inquiet ne m'échappa pas. Tout comme les serviteurs, le vieil homme faisait de son mieux pour ne pas laisser s'épanouir une amitié entre nous. Après vingt-sept reines, il avait toutes les raisons de ne pas vouloir s'attacher à la dernière épouse d'Érik. Pourtant, dans son rôle, plus que dans tout autre, il n'avait d'autre choix que d'interagir fréquemment avec moi. Malgré son comportement poliment distant, je m'étais prise d'affection pour lui. Et je voyais bien qu'il perdait la bataille pour rester indifférent à mon égard. Au début, j'avais pensé que son intérêt n'était dû qu'à sa sollicitude pour son roi. Mais maintenant, je croyais sincèrement que Tormund commençait lui aussi à m'apprécier.

— Ai-je bien compris que le pavillon de chasse est actuellement inutilisé ? demandai-je.

Tormund cligna des yeux, visiblement surpris par cette question inattendue.

— Oui, votre Majesté. Le roi n'a pas organisé de chasses depuis plusieurs années.

Il n'avait pas besoin de préciser qu'elles s'étaient arrêtées au début de la malédiction.

— Excellent. Serait-il possible de le rafraîchir et de le rendre utilisable dès que possible ? demandai-je d'un ton nonchalant. J'ai besoin d'un changement de décor, et avec l'automne qui approche, la serre va devenir trop froide pour y passer du temps.

Les yeux de Tormund s'écarquillèrent sous l'effet d'une compréhension soudaine. Il jeta un regard presque stupéfait sur le château, comme s'il se demandait pourquoi il n'y avait pas pensé lui-même, avant de me rendre son attention.

— Ce sera fait immédiatement, votre Majesté, répondit Tormund avec un empressement rare pour quelqu'un d'habituellement très stoïque. S'il y a quoi que ce soit de particulier que vous souhaitiez déplacer ou que vous vouliez que nous acquérions pour vous, je m'assurerai qu'on vous l'apporte.

— Merci, Tormund, dis-je chaleureusement.

— Non, votre Majesté. Merci à vous.

Ma gorge se serra à la façon dont il prononça ces paroles. Pour la première fois, il avait laissé tomber son masque poli et professionnel. Bien que bref, le regard presque paternel qu'il me lança me toucha au-delà des mots. Mon père me manquait terriblement. Si je comprenais ses raisons de garder ses distances, elles n'en étaient pas moins douloureuses. Autant je respectais son besoin de les protéger, lui et ma sœur, en me pleurant à l'avance, autant je lui en voulais de ce manque de soutien. Comment pouvait-il ne pas comprendre que j'avais plus de chances de réussir avec mes proches à mes côtés, me rappelant tout ce pour quoi je devais continuer à me battre ?

Toujours aussi efficace, Tormund mit une armée de serviteurs et de jardiniers à l'œuvre dans l'heure qui suivit pour aménager le pavillon de chasse. Situé à l'orée du bois, il était suffisamment éloigné du château pour m'offrir un répit agréable, mais assez proche pour ne pas déclencher le mécanisme offensif dû à la distance, comme si je passais trop de temps en ville.

En deux jours, l'endroit avait été entièrement nettoyé, repeint et remeublé. Je l'avais même décoré avec des fleurs fraîchement cueillies dans la serre. Il y régnait une paix extraordinaire, la voix de Traxia n'étant plus qu'un écho sourd au fond de mon esprit, quand je l'entendais.

Vaste et luxueux, le pavillon rivalisait avec les cottages de nombreux nobles de la ville. Les grandes fenêtres voûtées tout autour du salon octogonal laissaient pénétrer la lumière du soleil dans la pièce. J'avais choisi de m'y installer et de dresser mon bureau près de la grande cheminée qui réchaufferait la pièce au changement de saison. Une cuisine et un garde-manger de taille convenable répondaient à mes besoins en cas de fringale.

Pensant toujours à tout, Tormund avait transformé l'armurerie en salle de musique et apporté une seconde harpe, connaissant ma passion pour cet instrument. Mais le geste le plus attentionné avait été de transformer l'une des autres pièces en chambre pour que je puisse me reposer si nécessaire. Traxia me rendant la vie impossible la nuit, j'avais pris l'habitude de faire des siestes pendant la journée pour rattraper le sommeil dont elle me privait sans cesse.

Lorsque j'avais demandé la réouverture du pavillon de chasse, je ne m'étais pas attendue à ce que l'on se mette en quatre pour le rendre aussi accueillant. J'avais juste voulu qu'il soit nettoyé et rendu confortable, un endroit calme et chaleureux où je pourrais tuer le temps loin de ma tortionnaire. Malgré son stoïcisme et son comportement réservé, Tormund avait un cœur d'or. Certes, il était avant tout dévoué à son roi et voulait voir Érik libéré de cette malédiction. Mais cela allait plus loin.

M'installant derrière le bureau de bois orné, je pris un morceau de parchemin pour écrire une lettre à ma sœur. Ces échanges avec elle me permettaient de me sentir moins isolée. Ne voulant pas l'inquiéter plus que nécessaire, j'avais hésité à lui avouer à quel point mon défi était devenu éprouvant ces dernières semaines. Je commençais à peine à lui parler de la paix bienfaisante que me procurait le pavillon lorsque mon mari me rendit une visite inopinée.

— Érik ! m'exclamai-je en bondissant de mon siège. Je pensais que tu serais en réunion pendant encore de nombreuses heures.

Mon pouls battait toujours la chamade quand je le voyais. Même s'il gardait encore quelques secrets, il ne me fermait plus son cœur. Depuis cette terrible nuit où Traxia avait failli me faire ouvrir la porte, Érik avait cessé de lutter contre les sentiments grandissants qu'il éprouvait pour moi. Et c'était cela, plus que toute autre chose, qui me donnait la force d'aller jusqu'au bout de ce merdier. Je voulais être sa reine parfaite, me tenir à ses côtés plutôt que de rester dans l'ombre. Je voulais voyager avec lui, planifier un avenir ensemble, et avoir beaucoup d'enfants avec ses magnifiques yeux argentés.

Il sourit et secoua la tête en réduisant la distance entre nous.

— J'étais censé le faire, mais je me suis débarrassé d'eux. Ils m'ennuyaient avec leurs revendications et leurs doléances constantes. De plus, ma femme me manquait, et je voulais voir ton nouvel antre.

Je fondis lorsqu'il m'attira dans son étreinte, ses lèvres se posant sur les miennes avec une tendresse possessive qui m'échauffa instantanément le sang. Le baiser s'intensifia, ses mains caressant mon dos avant de se poser sur ma nuque. Une pointe de déception me traversa lorsqu'Érik rompit le baiser au lieu de se déchaîner sur moi avec sa passion habituelle.

— Comment te sens-tu ? demanda-t-il, sa voix douce teintée d'un peu d'inquiétude.

Un sourire radieux étira mes lèvres.

— Je me sens merveilleusement bien. Cela fait quelques semaines que je n'ai pas été en si bonne forme.

Une puissante émotion traversa ses traits. Ma gorge se serra à la vue de cette expression vulnérable chez un homme aussi fort.

— Je t'ai fait défaut à bien des égards, dit-il d'une voix peinée. J'aurais dû y penser en premier. Au lieu de cela, je t'ai laissée souffrir...

J'appuyai deux doigts sur ses lèvres et lui adressai un regard sévère.

— Tu ne m'as pas fait défaut, Érik. Tu es la seule raison qui a rendu toute cette histoire supportable. La façon dont tu m'as regardée en entrant, la façon dont tu m'enlaces et m'embrasses, ta gentillesse et ta générosité... Personne ne m'a jamais fait sentir aussi précieuse que toi. Mon propre père m'a tourné le dos et tient Kara à l'écart. Tu as été mon seul soutien indéfectible, le pilier qui m'a permis de rester debout tout au long de cette épreuve. Ne t'avise pas de te faire des reproches. Sans toi, je serais déjà morte.

— Mais...

— Mais rien, l'interrompis-je à nouveau. Nous sommes une équipe dans cette affaire. Je ne m'attends pas à ce que tu aies toutes les réponses. Si c'était le cas, cette malédiction aurait été levée il y a des années. Tout ce qui compte, c'est que nous ayons dépassé le sixième mois et que nous sommes sur le point d'atteindre le septième. Je suis toujours là, et maintenant j'ai un nouveau répit pendant la journée. Et je t'ai toi, la nuit, pour me protéger. Nous allons y arriver ensemble.

— Ensemble, répéta-t-il avant de reprendre ma bouche.

Grands dieux, j'étais vraiment en train de tomber amoureuse de cet homme. Après quelques autres baisers et caresses, Érik me relâcha et je lui fis visiter mon nouveau refuge.

— Comme tu peux le voir, Tormund et les serviteurs se sont surpassés, dis-je tandis que nous terminions la visite de la salle de musique.

Lorsque nous entrâmes dans la chambre, j'étudiai les traits d'Érik, essayant d'évaluer les pensées qui traversaient son esprit tandis qu'il arpentait l'espace.

M'humectant nerveusement les lèvres, je carrai les épaules avant de lui faire part de l'idée qui me trottait dans la tête depuis que j'avais demandé la réouverture de cet endroit.

— Bien que cette pièce soit assez modeste comparée à notre chambre à coucher au château, elle est assez douillette et confortable, dis-je prudemment. Compte tenu de la tranquillité qui règne ici, serait-il acceptable que j'y dorme ?

Mon cœur se serra lorsqu'Érik secoua immédiatement la tête.

— Non, ce n'est pas une option.

— Pourquoi ? demandai-je d'un ton suppliant. Je suis

toujours dans l'enceinte du château, mais suffisamment loin pour que le pouvoir d'attraction de Traxia m'atteigne à peine. Les nuits sont un cauchemar au château. La tentation est bien plus forte, et avec le donjon si proche, le risque qu'elle me fasse obéir à ses ordres avant que toi ou n'importe qui d'autre ne puisse intervenir est plus grand. Mais d'ici, même si elle parvenait à m'envoûter, la longue marche vers le château me donnerait la possibilité de me réveiller ou que tu le fasses.

Au lieu de le convaincre, chacune de mes paroles semblait pousser Érik à se refermer davantage.

— En théorie, tes arguments sont valables, mais tu dois retourner au château tous les soirs, dit-il d'un ton ferme. Le médaillon te punira si tu ne le fais pas.

Un frisson glacial me parcourut l'échine et je jetai un regard inquiet au pendentif en forme de nautile.

— Me faire du mal comment ? Et pourquoi ? Je croyais que j'avais juste besoin d'être dans l'enceinte du château.

Érik secoua à nouveau la tête.

— Il y a un lien entre la porte et ce médaillon. Il alimente son énergie. La distance crée une tension sur ce lien. Plus elle est grande, plus ce lien s'amenuise rapidement. Comme tu n'es pas très loin du château, son énergie s'épuise moins vite, mais elle s'épuise quand même. Lorsque le lien sera trop faible, le médaillon commencera à puiser son énergie directement de toi.

Je sentis mon visage se vider de son sang et je déglutis péniblement. Ma main se referma sur le médaillon tandis que mon esprit s'emballait. Érik n'avait aucune raison de me mentir à ce sujet. Mais la perspective de retourner au château m'anéantissait. Je ne voulais pas perdre la paix dont je jouissais depuis quelques heures.

— As-tu déjà essayé avec l'une des autres ? demandai-je, me raccrochant à un dernier espoir.

Je ne pouvais pas me résoudre à appeler mes prédécesseures ses épouses.

— Non, concéda Érik à contrecœur.

— Alors nous devrions au moins essayer, ajoutai-je rapidement lorsqu'il ouvrit la bouche pour énoncer les raisons pour lesquelles il pensait que cela ne fonctionnerait pas. Nous sommes proches du château. Si je me trompe, nous pouvons revenir en un rien de temps. Ce n'est pas comme lorsque j'étais en ville. Mais si j'ai raison ? Cinq mois et demi, c'est long à passer. S'il y a la moindre possibilité, nous devons essayer. S'il te plaît !

Érik serra les dents et secoua la tête, le mouvement à peine perceptible et plus dirigé contre lui-même parce qu'il l'envisageait. Tout dans son langage corporel montrait à quel point il s'opposait à cette idée. Réduisant la courte distance qui nous séparait, je posai mes paumes sur son torse et lui lançai un regard suppliant.

— S'il te plaît, Érik. Au moins, nous saurons, implorai-je.

Il ferma les yeux, la tension de sa mâchoire carrée se resserrant tandis qu'il luttait contre lui-même. Avec un grognement de frustration, Érik rouvrit lentement ses paupières, ses yeux argentés plongeant dans les miens.

— En dépit de mon instinct, je t'accorde cette requête *uniquement* parce que c'est *toi* qui endures toute cette douleur, dit-il, l'air presque fâché. Mais je sais que cela ne se passera pas bien. Au moindre signe d'inconfort, et si la teinte de la lumière de ton médaillon change ne serait-ce qu'un peu, nous retournerons en vitesse au château. Cela signifie aussi que tu dormiras tout habillée.

— Oui, Érik. Merci ! dis-je d'une voix haletante, avant d'enfouir mon visage dans sa poitrine et de le serrer très fort dans mes bras.

Même s'il me rendit mon étreinte, sa colonne vertébrale resta raide. Un sentiment de malaise s'installa au creux de mon estomac face à sa réticence palpable. Même si je faisais confiance à Érik, je ne pensais pas que ma requête était déraisonnable.

— Ne me remercie pas. Je crains que ma faiblesse ne te fasse souffrir inutilement, dit-il d'un ton sinistre.

Je levai la tête pour le regarder.

— Tu n'es pas faible. Tu m'aides simplement à explorer les moyens possibles de vaincre cette épreuve. Nous sommes dans le même bateau. Je ne pourrais pas y arriver sans toi, dis-je doucement.

Érik grogna de manière peu engageante. Je n'insistai pas davantage, de peur qu'il ne change d'avis, ce qu'il souhaitait manifestement.

— Puis-je jouer de la harpe pour toi ? proposai-je, voulant détourner la discussion du fait que nous passions la nuit ici. Je n'ai pas encore essayé la salle de musique. Ce serait plus amusant avec un auditoire.

Bien que toujours préoccupé par la situation, Érik me sourit, son visage s'adoucissant comme je l'aimais. Il hocha la tête et me laissa prendre sa main pour le conduire dans la pièce. Il s'assit dans un fauteuil douillet en face de moi, tandis que je m'installais sur le banc devant l'imposante harpe. Dès que mes doigts commencèrent à pincer les cordes, la tension entre nous s'estompa. J'adorais jouer de la musique et Érik adorait m'écouter. L'acoustique de l'armurerie transformée en salle de musique ne rivalisait évidemment pas avec celle du château, mais je m'en moquais. J'étais seule avec mon mari, de délicieuses mélodies remplissant mes oreilles au lieu de la voix exécrable d'une sorcière des mers aigrie.

Une heure avant le coucher du soleil, un serviteur vint nous demander si nous avions besoin de quelque chose. Je me doutais qu'il s'agissait plutôt pour Tormund de s'assurer qu'Érik ou quelqu'un d'autre gardait un œil sur moi.

— Nous allons probablement passer la nuit dans le pavillon, répondit Érik. Veuillez faire apporter notre repas du soir ici, s'il vous plaît.

Mon estomac se noua lorsque la servante ne parvint pas à

cacher son choc, son incrédulité et son inquiétude face à la déclaration de mon mari. Cependant, elle ne discuta pas, se contentant d'incliner la tête avant de s'en aller. Le malaise d'Érik revint aussitôt.

— Alors, pourquoi les nobles t'ont-ils harcelé tout à l'heure ? demandai-je, voulant le distraire de ses sombres pensées.

Nullement dupe, il m'adressa un sourire triste, mais joua le jeu. Érik me tendit la main. Je la pris volontiers et le laissai me conduire jusqu'au canapé en bois sombre et orné, situé en face de l'âtre, dont les coussins pelucheux d'un rouge profond étaient brodés de fils d'or.

Il s'assit avant de m'attirer sur ses genoux. Je ne me lassais pas de me blottir contre lui. Même si je détestais la cruauté obsessionnelle de Traxia, je devais à sa terrible attaque d'avoir fait en sorte qu'Érik cesse enfin de se fermer à moi. Certes, il avait toujours été gentil et tendre, mais qu'il se montre ouvertement affectueux, que ses yeux argentés brillent d'amour, me faisait me sentir chérie et me donnait l'espoir d'un avenir meilleur. Je n'avais qu'à tenir bon un peu plus longtemps.

— Leurs habituels griefs cupides, répondit Érik avec un haussement d'épaules. Ils ont rencontré de la concurrence sur leurs routes commerciales préférées. Ils veulent que j'interdise l'accès à nos eaux à tout rival afin qu'ils puissent continuer à faire payer leurs marchandises à des prix exorbitants. Lord Sten est même allé jusqu'à me demander de relâcher le kraken sur tout intrus.

— Quoi ?! m'exclamai-je, bouche bée. Cela me semble un peu excessif.

— C'est bien plus qu'excessif, dit Érik avec dégoût. Le kraken ne devrait être invoqué que dans des cas extrêmes, et même là. Il n'est pas facile à contrôler – et encore moins celui-ci – à moins d'avoir une sorcière des mers extrêmement puissante qui s'est liée à lui.

Je fronçai les sourcils en entendant ces paroles.

— Pourquoi « encore moins celui-ci » ? demandai-je.

Érik eut soudain l'air mal à l'aise, ce qui mit tous mes sens en alerte.

— La mère de Traxia a élevé ce kraken. Et Traxia a aussi un lien de sang avec lui, avoua-t-il à contrecœur.

Ma mâchoire tomba, et je pressai une main sur ma poitrine tandis qu'un sentiment d'effroi m'envahissait.

— Ne t'inquiète pas, mon amour. Si leur lien rend le contrôle du kraken plus difficile, il ne le rend pas impossible. Tant que Traxia demeure enfermée derrière la Porte Scellée, elle ne peut pas l'appeler à elle ou lui faire exécuter ses ordres.

Cela ne me rassura pas autant que je l'aurais souhaité. Au contraire, cela souligna à quel point il était nécessaire que je réussisse. Les répercussions de mon échec potentiel allaient au-delà de ma mort. Il signifiait pour Érik un autre round cauchemardesque de cet enfer sans fin. Une autre jeune fille soumise à cette torture, et le risque d'une effusion de sang massive si Traxia était libérée. Avec le kraken à sa disposition, elle déchaînerait sa colère sur le peuple de Rathlin et sur les sirènes qui l'avaient chassée.

Un frisson glacial me parcourut l'échine à cette perspective.

— Alors nous devons nous assurer qu'elle y reste, dis-je en essayant d'avoir l'air assuré.

— Nous le ferons certainement, répondit Érik, qui n'était pas dupe pour autant. Tu as résisté plus longtemps que toutes les autres. Et je refuse de te perdre. Nous vaincrons.

Je souris et levai mon visage vers le sien lorsqu'il se pencha en avant. Mes lèvres s'écartèrent lorsqu'il approfondit le baiser, mon estomac palpitant du désir familier qu'il éveillait toujours en moi. Ma peau s'échauffa lorsque ses mains commencèrent immédiatement à me caresser de manière audacieuse. Érik ne plaisantait pas lorsqu'il m'avait prévenue de son formidable appétit sexuel. Heureusement, je l'approuvais pleinement.

Enfin, sauf cette fois-ci.

Mon sang s'échauffait et ma peau fourmillait. Mais même si j'avais envie que mon mari me porte dans la chambre à coucher, nous ne finirions pas rapidement. Avec l'endurance impressionnante d'Érik, il pourrait faire plusieurs rounds d'affilée. Comme les domestiques allaient bientôt revenir avec notre repas du soir, nous devions retarder le moment de céder à nos pulsions coquines pour ne pas leur offrir un spectacle plutôt discutable.

Un autre frisson me parcourut, et les picotements s'intensifièrent. Glissant une main sous ma jupe, Érik caressa un chemin le long de ma jambe puis entre mes cuisses pour se poser sur mon sexe. Mon souffle s'étrangla et il rompit le baiser pour me fixer dans les yeux avec un sourire provocateur.

— Nous n'avons pas le temps, murmurai-je, mes lèvres effleurant presque les siennes.

Son sourire s'élargit et une lueur de défi brilla dans ses yeux argentés.

— Il y a toujours assez de temps pour faire jouir ma femme. Je veux t'entendre crier mon nom.

Avant que je ne puisse répondre, il s'empara de mes lèvres, ses doigts se faufilant dans mon sous-vêtement et se dirigeant directement vers mon centre chaud. Je gémis, le sang dans mes veines s'échauffant encore plus. Mon bassin se souleva pour rencontrer sa main, son pouce massant mon petit bouton tandis que deux de ses doigts glissaient en moi.

Érik savait exactement comment me toucher pour me faire défaillir. Je me frottai à sa main, à la recherche de la félicité qu'il me procurait toujours. Cependant, même s'il me touchait de manière experte, je luttais pour m'abandonner au plaisir. Le feu dans mes veines devenait trop brûlant. Les fourmillements de ma peau commençaient à ressembler à un millier d'aiguilles qui me piquaient. Et mon souffle court, dû à l'excitation, m'amenait au bord de la suffocation.

Posant mes paumes sur les épaules d'Érik, je le repoussai en détournant la tête pour rompre le baiser. Ne se rendant pas compte que quelque chose n'allait pas, il saisit ma nuque et tenta de ramener mon visage vers le sien. Cette fois, je le repoussai avec plus de force, tandis que mon estomac se retournait.

— Non ! Quelque chose ne va pas, dis-je d'une voix tendue.

L'expression confuse d'Érik céda la place à l'horreur alors qu'il blanchissait visiblement. Il ne me regardait pas, mais il fixait ma poitrine. Alors seulement, je remarquai la lueur rose entre mes seins, en grande partie cachée par mon corsage.

Mon mari retira sa main et me prit dans ses bras. La pièce tournoya tandis qu'il se levait d'un bond et s'élançait vers la sortie. La teinte rougeâtre du ciel de la nuit tombante n'avait plus rien d'enchanteur ni de romantique, semblant plutôt sinistre. Je me sentais fébrile et comme si le poids pesant sur ma poitrine devenait de plus en plus oppressant, me donnant du mal à remplir mes poumons avec suffisamment d'air. Lorsqu'Érik me hissa sur son cheval, je faillis tomber tant mes muscles étaient parcourus de spasmes. Il me rattrapa adroitement tout en grimpant derrière moi.

Me tenant fermement, le dos contre sa poitrine, Érik fit galoper son cheval vers le château à un rythme effréné. Les larmes me piquèrent les yeux, et je ravalai un gémissement sous l'effet des aiguilles qui me poignardaient la chair. Mes terminaisons nerveuses étaient devenues si sensibles que le doux tissu de ma robe me faisait l'effet d'éclats de verre qui me griffaient à vif.

— Tiens bon, mon amour. Nous y serons bientôt. Tiens bon, dit Érik.

Je tentai de me concentrer sur sa voix, mais je me noyais dans un océan d'agonie. L'espace d'un instant, je faillis crier à Érik de faire demi-tour. Notre course vers le château ne semblait pas atténuer la douleur, chaque symptôme atroce augmentant en intensité à mesure que la lumière du jour diminuait. La lueur pulsée du médaillon passa du rose pâle à un rouge vif.

Et puis, juste comme ça, cela s'arrêta.

Le poids sur ma poitrine se leva si brusquement que je craignis qu'elle n'explose tant mes poumons se remplirent soudainement d'air. Simultanément, la chaleur torride qui me brûlait de l'intérieur disparut en un clin d'œil, me laissant presque frigorifiée tandis que la chair de poule se répandait sur toute ma peau. Les aiguilles lancinantes disparurent également, même si ma peau demeurait sensible. Aucune ligne ou repère visible ne révélait la raison de ce changement. Je ne pouvais que supposer que nous avions franchi un seuil de proximité qui avait désactivé le mécanisme d'attaque du médaillon.

— Cela s'est arrêté, murmurai-je. La douleur a disparu.

Érik tendit le cou pour regarder mon médaillon. Malgré mon hébétude persistante due à la dure punition que mon entêtement m'avait valu, je ne remarquai pas moins le soulagement qui se lisait sur son visage. Le bras de mon mari se resserra autour de ma taille tandis que la culpabilité me rongeait. Il m'avait prévenue. Je ne pouvais m'en prendre qu'à moi-même pour la souffrance que je venais d'endurer. Mais c'était la détresse que mon insistance lui avait causée qui me faisait le plus honte.

Il ne commença à ralentir qu'à l'approche du château. J'ajustai mes vêtements et, tout comme lui, je m'efforçai de dissimuler aux gardes et aux domestiques ce qui avait motivé cette course effrénée vers la maison. Les inquiéter plus qu'ils ne l'étaient déjà ne rapporterait rien. Toutefois, mon cheval étant toujours au pavillon de chasse, et Érik ayant laissé la porte grande ouverte, les serviteurs n'auraient pas besoin de beaucoup d'imagination pour comprendre ce qui avait pu se passer.

Sans doute alerté par les gardes, Tormund sortit précipitamment du château pour nous accueillir alors même que notre cheval trottait jusqu'à l'entrée. Professionnel comme toujours, il affichait une expression neutre. Cependant, je le connaissais suffisamment pour lire une once d'inquiétude dans ses yeux.

— Vos Majestés, vous êtes de retour, dit calmement Tormund tandis qu'Érik arrêtait le cheval à quelques mètres devant lui.

Il sauta gracieusement de notre monture avant de m'aider à descendre. À la façon dont il me regardait, je devinai sa question silencieuse. Bien que me sentant encore un peu chancelante sur mes jambes, je lui adressai un sourire rassurant. Érik me rendit mon sourire et passa son bras autour de ma taille pour me soutenir davantage. Qu'il me porte à l'intérieur aurait fait encore plus jaser.

Il jeta un regard serein à Tormund.

— Oui, nous avons décidé de rentrer à la maison pour la nuit. Demandez à quelqu'un d'aller chercher le cheval de la reine dans le pavillon. Nous dînerons également dans notre chambre.

— Très bien, mon roi, dit Tormund en inclinant légèrement la tête tandis qu'Érik commençait à me conduire à l'intérieur.

Dès que la porte de notre chambre se referma derrière nous, Érik laissa tomber son masque de stoïcisme pour me regarder avec une expression dévastée.

— Je suis tellement navré, Astrid, de t'avoir fait subir ça. Je savais qu'il ne fallait pas te laisser rester loin du château. Si seulement j'avais insisté...

— Non, Érik ! Non. Ce n'est pas ta faute. Ne te reproche pas *mon* entêtement, dis-je avec force.

Je m'approchai de lui et posai mes paumes sur son torse, mon regard plongeant dans le sien.

— Tu m'avais prévenue. J'ai fait un choix conscient. Même si je ne veux plus jamais revivre ça, je ne regrette pas qu'on l'ait testé. Maintenant, nous savons. Je suis juste désolée de t'avoir fait vivre ça, même si je n'aurais pas pu le faire sans toi.

— C'est mon devoir de te protéger de ce qui est en mon pouvoir, Astrid, argua Érik. Ce que j'endure n'est rien comparé à l'épreuve que ce monstre te fait subir.

Je pris ses joues dans mes mains et le regardai avec affection.

— Cela ne fait que six mois pour moi, mais des années pour toi. Ne néglige pas la profondeur de ta douleur. Il est de mon devoir de te protéger comme il est du tien de me protéger. Main-tenant, nous en sommes sûrs.

— Je ne peux pas te perdre, Astrid, dit Érik d'une voix torturée.

— Tu ne me perdras pas. Je t'ai dit qu'il n'y aurait jamais d'autre portrait après le mien sur ce mur. Je ne plaisantais pas. Ce sera toi et moi, jusqu'à la fin, dis-je avec ferveur.

— Toi et moi, pour toujours.

CHAPITRE 11
ÉRIK

Malgré les arguments d'Astrid, je continuais à me reprocher intérieurement de l'avoir laissée risquer sa vie de la sorte. Certes, cela nous avait permis de connaître avec certitude les limites qu'elle devait respecter, soit d'être au château avant la tombée de la nuit. Mais j'aurais dû écouter mon instinct. La vitesse à laquelle son état s'était détérioré m'avait terrifié. Si nous avions été un seul kilomètre plus loin, les dieux seuls savaient si nous serions revenus à temps.

Je ne voulais pas étouffer Astrid, ni la faire se sentir contrôlée ou encore plus emprisonnée qu'elle ne l'était déjà. Et pourtant, j'étais prêt à supporter le ressentiment de ma femme si cela s'avérait nécessaire pour la protéger.

Au moins, le pavillon de chasse avait été un don des dieux. Deux semaines auparavant, nous avions dit adieu au mois d'octobre et au temps qu'Astrid passait dans la serre. Avec l'apparition des premiers flocons de neige, dont la plupart avaient fondu le jour même, le froid l'aurait obligée à rester au château. Au lieu de cela, le pavillon lui apportait réellement un merveilleux soulagement pendant la journée.

Les nuits étaient devenues un véritable défi. Tout ce que nous refusions à Traxia pendant la journée, elle le récupérait largement la nuit. La suggestion d'Inga d'utiliser ma compulsion sur Astrid avait également été une bénédiction. Je m'efforçais de capter le chant de sirène de Traxia très tôt, afin de pouvoir distraire ma conjointe sur-le-champ. Et cela fonctionnait parfaitement. Mais cela signifiait aussi que je m'ouvrais à la compulsion de ma sœur.

En tant qu'hybride llysien, je pouvais bloquer ou atténuer en grande partie l'impact de leur chant de sirène sur moi si je le souhaitais. Cela expliquait pourquoi je pouvais rester au château sans succomber à son attrait, contrairement au reste des serviteurs. Mais pour soutenir mon épouse, je devais baisser ma garde et me laisser ouvert. Traxia mit du temps à comprendre que je ne la bloquais plus. Bien qu'elle eût toujours été capable de communiquer télépathiquement avec moi, elle n'avait pas été en mesure de m'embrouiller l'esprit.

Maintenant, elle commençait à le faire.

Ma sœur ne comprenait pas que je m'en réjouissais. Pendant qu'elle était occupée avec moi, Astrid bénéficiait d'un répit. Le problème était que plus elle utilisait ses compulsions et ses illusions sur moi, plus il me devenait difficile de les différencier de la réalité. Au début, elles avaient eu une lueur onirique qui rendait évident le fait que j'hallucinais. Mais ces derniers temps, je devais la bloquer brièvement pour voir le monde à travers mes propres yeux et m'assurer de ce qui était vrai et de ce qui ne l'était pas.

Mais même cela, elle me l'enleva.

Je me réveillai en sursaut. Confus, il me fallut un moment pour retrouver mes repères et réaliser qu'Astrid n'était plus dans notre lit. La porte était grande ouverte, les flammes de la cheminée projetant des ombres sinistres et dansantes à travers l'embrasure. Je glissai délicatement une main sur l'endroit où Astrid aurait dû être couchée. Mon estomac se noua douloureusement en découvrant que sa place était effectivement vide. Je ne pouvais pas dire avec certitude si j'avais tendu la main dans le monde réel ou seulement dans l'illusion dans laquelle Traxia me tenait possiblement piégé.

Un cri étouffé au loin me fit sursauter – le cri d'Astrid. Je sautai hors du lit et saisis au vol ma tunique de nuit sur la chaise près de la porte tout en me précipitant hors de la chambre. Je l'enfilai et jetai un rapide coup d'œil à ma bague. Heureusement, son joyau continuait de briller d'un éclat blanc. Cela n'empêcha pas mon cœur de vouloir bondir hors de ma poitrine.

Je dévalais les escaliers au moment où un autre cri retentit dans le château, par ailleurs vide. Le soulagement m'envahit lorsque le son émana d'une pièce située loin du donjon.

— ASTRID ! criai-je, espérant qu'elle m'entendrait.

Rien.

Je me ruai dans son boudoir, dans mon bureau, puis dans la chapelle. Ne la trouvant dans aucun de ces endroits, j'hésitai sur la direction à prendre. La salle à manger me semblait trop éloignée de l'endroit d'où avaient émané les cris. Mais où d'autre... ?

— Laissez-moi tranquille ! cria Astrid, sa voix étouffée semblant terrifiée.

Un sentiment d'effroi m'envahit lorsque je réalisai que cela provenait de la galerie. J'aurais dû fermer la porte à clé. Il n'y avait aucune raison pour qu'Astrid soit confrontée aux visages de mon horrible passé et au terrible destin que nous luttions désespérément pour lui épargner.

Je courus jusqu'à la galerie et faillis défoncer la porte dans ma hâte de l'ouvrir. Le spectacle qui m'attendait à l'intérieur me remplit d'horreur. Des nuages orageux roulaient au-dessus de nos têtes, là où le plafond aurait dû se trouver. Les portraits de mes vingt-sept épouses décédées avaient pris vie, chacune d'entre elles déversant son fiel sur Astrid. Debout au centre de la pièce, dans sa robe de nuit blanche, Astrid appuyait ses paumes sur ses oreilles pour bloquer leurs voix. Les yeux fermés, le visage trempé de larmes, elle tentait vainement de dégager ses jambes des coraux qui avaient émergé du plancher et qui la retenaient sur place.

— Il ne t'aime pas, pauvre idiote, dit Arianne d'une voix pleine de vitriol. Tu as peut-être survécu un peu plus longtemps que moi et retenu son attention quelques semaines de plus, mais il est las de toi maintenant. Pourquoi crois-tu que les premiers mois aient été si faciles ? Érik te protégeait parce qu'il aimait te baiser. Maintenant, il est prêt à ce que tu meures pour qu'il puisse choisir une nouvelle épouse plus fraîche.

Une fureur aveugle m'envahit. Astrid s'était montrée trop forte. Malgré ses multiples efforts et la créativité de ses tentations, Traxia n'était jamais parvenue à convaincre Astrid de tourner la clé dans le sens des aiguilles d'une montre. À chaque fois, cette demande brisait l'illusion. Le seul espoir de ma sœur était donc de détruire Astrid mentalement. Une fois brisée et suffisamment affligée, ma femme serait plus facile à manipuler. Miner notre relation, la faire douter de mon amour et de ma dévotion, tel était le principal objectif de Traxia depuis que j'avais commencé à utiliser ma voix pour briser son enchantement.

— Astrid ! Je suis là ! m'exclamai-je en courant vers elle.

Elle pressa davantage ses mains contre ses oreilles. Les yeux fermés, elle secoua la tête comme pour dire qu'elle ne voulait plus se faire avoir. Je m'emparai de ses poignets et éloignai ses mains de son visage. Elle poussa un cri et releva la tête pour me jeter un regard terrifié.

— É-Érik ? demanda-t-elle avec effroi.

— Oui, mon amour. C'est moi. Je vais te sortir de là.

— Non. Tu n'es pas réel. Rien de tout cela n'est réel, dit-elle, l'espoir et la peur s'affrontant en elle.

— Tu as raison, ma chérie. Rien de tout cela n'est réel, sauf moi. Je suis réel. Partons d'ici, lui dis-je doucement.

— Je ne peux pas. Mes jambes, dit-elle d'une voix

larmoyante, tout en jetant un coup d'œil aux coraux qui la clouaient sur place.

Pendant une seconde, j'envisageai de lui dire de les faire disparaître. Ils n'étaient pas réels. Il suffisait qu'elle le reconnaisse et qu'elle y croie pour qu'ils disparaissent. Mais vu son état de détresse, ajouter cette contrainte supplémentaire risquait de la faire sombrer dans une spirale mortelle de démence.

— Je vais te libérer, promis-je.

Prenant son visage à deux mains, j'essuyai les larmes de ses joues avec mes pouces, puis je lui donnai un baiser désespéré.

Je détestais la façon dont elle tremblait, mais encore plus la façon dont elle continuait à peiner à croire que je n'étais pas un autre fruit de son imagination – ou plutôt de l'illusion de Traxia.

La relâchant avec beaucoup de réticence, je courus vers l'une des armures décoratives qui tapissaient le mur et récupérai son épée.

— Pauvre fille stupide. Il n'y a pas de malédiction, siffla Sacha, ma première épouse, tandis que je retournais auprès d'Astrid. Je n'ai libéré aucune sorcière des mers. Érik se sert de toi comme il s'est servi de nous. Le collier aspire ta force vitale pour garder sa sœur prisonnière. Sans elle, il ne peut contrôler ni le kraken ni les éléments.

Une nouvelle vague de fureur m'envahit en entendant ces paroles. Je ravalai les mots durs qui me brûlaient la langue et me concentrai sur ma femme. Il ne servait à rien de discuter avec une illusion, et encore moins avec la marionnettiste qui tirait les ficelles derrière les rideaux.

— Regarde-moi, Astrid, ordonnai-je en modifiant la tonalité de ma voix et en laissant ses vibrations déclencher sa compulsion. Regarde comme je te libère efficacement et en toute sécurité.

Elle cligna des yeux, semblant légèrement confuse en observant le corail qui s'enroulait autour de ses mollets. Je levai l'épée et commençai à tailler dans ses entraves. Sa peur fit place à l'espoir tandis que le corail commençait à se détacher par gros morceaux.

— Ne le laisse pas faire de toi sa prochaine victime, continua Sacha. Tu es trop faible pour lui être encore utile. Il te sacrifiera au kraken dès que tu auras activé le prochain sceau. Sauve-toi tant que tu le peux. Dis aux autres ce qui se passe vraiment ici. Ce collier est un piège. Retire-le et fuis le château. Il n'aura plus d'emprise sur toi.

Je sentis mon sang se vider de mon visage lorsqu'Astrid détourna son regard de moi pour fixer les portraits, et plus précisément Sacha. Sa main se referma sur le collier, et un soupçon de doute passa sur ses traits. À la manière dont elle se retourna vers moi, je compris que j'étais en train de la perdre.

— Astrid, viens avec moi, mon amour. Rien de tout cela n'est vrai, dis-je d'un ton suppliant. Je t'ai libérée. Viens avec moi. Sortons de ce cauchemar.

— Enlève le collier et fuis, insista Sacha. Il essaie de te piéger. Il utilise sa compulsion sur toi pour t'empêcher d'entendre la vérité. Il est trop tard pour nous toutes. Mais il n'est pas trop tard pour toi ni pour ses éventuelles futures victimes.

Les yeux d'Astrid oscillèrent entre les miens, cherchant à savoir ce qu'il en était. Traxia m'avait sérieusement mis les bâtons dans les roues. Si j'utilisais à nouveau ma compulsion pour inciter Astrid à sortir d'ici, cela confirmerait ses accusations.

— Je suis resté à tes côtés ces huit derniers mois, j'ai mis mon cœur à nu pour toi, et je t'ai montré de toutes les manières possibles à quel point je t'aime, dis-je de ma voix normale. Qui ton cœur croit-il ? Je gesticulai vers les tableaux. Cette illusion ou ton mari ?

Elle hésita, mes paroles semblant faire une percée sans pour autant la convaincre.

— Ce n'est pas moi qui t'ai piégée ici pour que tu te fasses harceler par des fantômes. Je suis celui qui t'a libérée, qui t'aime et qui fait tout pour te protéger, dis-je d'une voix apaisante, avant de reprendre ma compulsion. Viens à moi, mon amour. Tu as le choix. Ce sera toujours *ton choix*.

Astrid cligna des yeux puis fixa la main que je lui tendais. Pendant un instant, le temps se figea, les murs eux-mêmes semblant retenir leur souffle dans l'attente de sa décision. Je dus faire appel à toute ma volonté pour ne pas pousser un cri victorieux et soulagé lorsqu'elle prit soudain une expression résolue et plaça sa main dans la mienne.

— Mon amour, murmurai-je avec gratitude.

Je jetai l'épée sur le sol et entraînai Astrid à ma suite sous les voix furieuses des portraits qui me maudissaient tout en lui disant qu'elle faisait une terrible erreur.

Aussitôt que nous sortîmes de la pièce, je claquai la porte derrière nous pour les faire taire. Mais elles avaient causé des dommages irréversibles. Cette graine qu'elles avaient plantée allait s'enfouir plus profondément, ses racines s'étendant jusqu'à étouffer toute confiance et tout amour qu'Astrid avait pu ressentir pour moi. Il nous restait encore un peu moins de quatre mois. C'était une longue période pour faire face à ces attaques croissantes. Allait-elle céder à la tentation, jeter le collier et s'enfuir ?

Je ne voulais même pas imaginer le désastre qui s'ensuivrait.

Forçant une expression enthousiaste sur mon visage, je souris à mon épouse.

— J'ai une surprise pour toi. Je la réservais pour ton anniversaire, mais après cette épreuve, tu as bien besoin d'un peu de gaîté.

— Une surprise ? demanda-t-elle, la curiosité remplaçant une partie de son désarroi.

Astrid ne s'était jamais montrée matérialiste ou avide, ce qui rendait le fait de lui offrir des cadeaux d'autant plus agréable. La façon dont ses yeux s'illuminaient lorsqu'elle recevait des présents attentionnés m'émouvait toujours. Les bijoux ou les jolies babioles ne l'intéressaient que très peu. Elle les acceptait mais ne les convoitait pas.

— Oui, il y a deux parties. Je n'ai que la première ici, mais elle fait allusion à ce que tu recevras le jour de ton anniversaire officiel, dis-je avec un sourire tendre.

— Très bien. Tu m'intrigues, dit-elle avec un sourire timide. Je te remercie.

Cependant, je remarquai la lueur de gratitude dans ses yeux ambrés et la façon dont sa main se resserra autour de la mienne. Astrid ne me remerciait pas pour la surprise, mais pour l'avoir sortie de cette pièce. Nous ne nous attardions plus sur ces incidents lorsqu'ils se produisaient, préférant les chasser de notre esprit le plus vite possible pour ne pas leur donner davantage de pouvoir sur nous.

Je serrai sa main et laissai transparaître la profondeur des sentiments que j'éprouvais pour elle.

— Je serai toujours là, ma chérie. Je t'aime, Astrid, de tout mon être.

Elle sourit, les yeux légèrement embués.

— Je t'aime aussi, Érik.

Astrid haussa les sourcils lorsqu'elle réalisa que je l'emmenais dans la salle de musique.

— J'ai un aveu à te faire, dis-je en lui ouvrant la porte. Je n'ai pas fait installer cet épais rideau sur le mur pour couvrir des dégâts qui ne peuvent pas être réparés avant le printemps.

Je désignai le grand pan de mur situé entre deux fenêtres sur le côté gauche de la salle de musique. Ma femme eut un léger mouvement de recul, un froncement de sourcils marquant son front tandis que son regard passait du rideau à moi.

— Pourquoi mentirais-tu à ce sujet ? demanda-t-elle avec une pointe de suspicion.

— En fait, je n'ai pas menti. J'ai simplement formulé les choses de manière à ce que tu penses que je voulais faire des réparations. Si je me souviens bien, j'ai dit que je faisais effectuer un travail à cet endroit, amendai-je, me reprochant de soulever un sujet qui impliquait – pour ne pas dire confirmait – que je l'avais trompée, comme le prétendaient mes fausses ex-épouses.

— C'est vrai, je crois que c'est bien ce que tu as dit, répondit Astrid avec circonspection, sa méfiance persistant.

— Je ne voulais pas que tu regardes là pour garder la surprise. Comme je te fais confiance pour ne pas être curieuse, je savais que cela suffirait, dis-je. Le mur n'est pas endommagé. Le travail que je faisais faire était un projet à long terme, une surprise pour toi, pour te montrer combien je t'aime et combien tu es tout ce que je vois.

Les lèvres d'Astrid s'entrouvrirent, cette fois, son inquiétude laissant place à une véritable curiosité et à une émotion que je n'arrivais pas à définir, mais que j'aimais voir sur son visage.

— Reste là, lui dis-je avec un sourire.

Je me dirigeai vers le rideau et l'ouvris pour découvrir le portrait grandeur nature d'elle que j'avais demandé à Ogden de peindre. Cependant, mon cœur chavira et l'horreur s'empara de moi lorsque je ne trouvai pas la belle image de ma femme souriante jouant de la harpe de sa mère. Au lieu de cela, je contemplais une peinture de la Porte Scellée ouverte avec moi debout à l'intérieur de la pièce, couvert de sang, une épée dans la main droite et la tête coupée d'Astrid dans la main gauche.

— Par les dieux, murmurai-je, m'éloignant rapidement de cette vision cauchemardesque.

Un rire lent et malveillant s'éleva derrière moi. Je me retournai pour regarder Astrid, qui me souriait malicieusement.

— Une peinture de ma mort par tes mains ? Vraiment, Érik ? C'est le cadeau que tu me réserves le jour de mon anniversaire ? demanda-t-elle, sa voix dégoulinant de haine et de mépris.

Je me figeai, privé de mots, mon esprit refusant de fonctionner et ne parvenant pas à comprendre ce qui se passait. Et puis Astrid commença à faire courir ses doigts dans sa crinière dorée, le long des courbes pulpeuses de son corps, avant que ses paumes ne se posent sur ses seins, les caressant.

— Traxia, murmurai-je, l'estomac révulsé par l'horreur, tandis que je comprenais ce qui se passait.

— Je vois pourquoi tu aimes la baiser, répondit-elle, conservant l'apparence d'Astrid, mais utilisant maintenant sa propre voix.

Cela me donna encore plus la nausée.

— Elle est plus plantureuse et plus ronde que ces autres sottes inutiles avec lesquelles tu t'étais uni par mains liées. Je vais prendre plaisir à utiliser le corps de ton Astrid pour chevaucher la verge de tous les hommes de ce royaume que je déciderai d'épargner. Tu pourras même regarder, petit frère, à condition que tu ne t'ôtes pas la vie avant.

— JE VAIS TE TUER ! criai-je en faisant deux pas menaçants vers elle.

J'avais envie de lui défoncer le crâne et de la démembrer, mais pas tant qu'elle portait le visage d'Astrid. De toute façon, ce n'était qu'une illusion.

— Non, cher frère, dit Traxia d'un air suffisant. Ce n'est pas *moi* que tu vas tuer aujourd'hui. Je pense que ce sera plutôt *toi*, pour avoir échoué une fois de plus.

Elle me désigna d'un geste du menton en prononçant ces paroles. Par réflexe, je jetai un coup d'œil vers moi. Mon sang se glaça et je me sentis défaillir à la vue de la lueur rose qui enveloppait ma main. Je levai le bras d'un mouvement sec pour observer ma bague de plus près. Elle brillait en effet d'une lueur rose.

Astrid avait ouvert la Porte Scellée.

Traxia éclata de rire, son visage et sa voix dégoulinant de mépris.

— Espèce d'idiot. Je suis la fille d'une sorcière royale des mers et liée par le sang au kraken. Même si tu me gardes enfermée dans le donjon, comment as-tu pu penser que je n'étais pas assez puissante pour manipuler son faible esprit et le tien en même temps ? Tic-tac, mon frère. Viens me voir prendre le contrôle de ta femme.

— NON ! criai-je en me précipitant vers la porte.

Avant que je n'aie fini de passer devant elle, le visage et la peau exposée de la fausse Astrid se fissurèrent puis s'effondrèrent en un tas de cendres sur le sol. Je l'ignorai et courus aussi vite que mes jambes me le permettaient. Tout le long du chemin vers le donjon, je criai le nom d'Astrid, priant tous les dieux pour qu'elle ne laisse pas entrer Traxia, pour qu'elle ne cède pas à son contrôle.

Dans ma précipitation, je trébuchai à mi-chemin dans les escaliers du donjon, dégringolant et roulant jusqu'à l'arrêt brutal au bas de l'escalier. D'après la douleur aiguë qui irradiait mon épaule gauche, je l'avais probablement disloquée. Mais cela aussi, je l'ignorai.

— Astrid ! Astrid, s'il te plaît ! Ne fais pas ça, suppliai-je en courant jusqu'à la porte ouverte. S'il te plaît, mon amour, s'il te plaît ! Je ne peux pas te perdre. Pas comme ça, pas maintenant. Reviens vers moi, Astrid.

Elle se tenait à l'intérieur de la pièce, la silhouette inquiétante de Traxia remplissant la psyché derrière elle, un air de triomphe maléfique sur son visage alors qu'elle regardait ma femme avec un air possessif.

Astrid se tourna vers moi, ses cheveux ébouriffés, ses yeux ternes et les sombres cernes en dessous lui donnaient l'air brisée et exténuée.

La culpabilité et le chagrin parcouraient ses traits.

— Je suis désolée, Érik. Je ne peux plus faire ça. Les dieux savent que j'ai essayé. J'ai vraiment essayé. S'il te plaît, pardonne-moi.

— NOOOON ! hurlai-je en courant vers la pièce alors qu'elle se retournait et tendait une main vers le miroir.

J'entrai dans la pièce au moment où les doigts fins de Traxia, aux ongles longs et pointus sortaient de la psyché et se refermaient sur le poignet d'Astrid. Ma femme cria et je tombai à genoux, anéanti, alors que l'essence de Traxia sortait de la psyché et entrait dans le corps d'Astrid.

Son rire diabolique résonna dans toute la pièce.

— Je gagne, petit frère. Je gagne toujours. Maintenant, que vas-tu faire ? Vas-tu tuer ta femme ou te tuer toi-même ?

CHAPITRE 12
ASTRID

Un mal de tête foudroyant faisait que des aiguilles me poignardaient à l'arrière des yeux. Traxia était partout, son chant de sirène plus puissant... plus agressif que jamais. Érik aurait dû m'aider à atténuer sa voix à ce stade. Il aurait dû me distraire avec sa propre voix, comme il l'avait fait tant de fois auparavant. Mais pas ce soir, pas cette fois.

Quelque chose ne va pas.

Érik était toujours attentif à moi dès que le soleil se couchait, prêt à détourner mon attention de Traxia aussitôt qu'elle lançait son attaque. Mais mon mari était introuvable.

Comme d'habitude, nous avions dîné tôt pour que les domestiques puissent partir avant la tombée de la nuit. Après le repas, Érik s'était excusé pour aller traiter des documents dont il avait besoin à la première heure le matin. Il avait affirmé qu'il ne lui faudrait pas plus de trente minutes, puis qu'il me rejoindrait dans notre chambre. Comme nous passions maintenant la plupart de nos nuits éveillés à cause des assauts constants de Traxia, nous essayions de dormir tôt, avec des siestes pendant la journée.

Je me mis au lit avec un livre, les mots se brouillant de plus en plus devant mes yeux au fur et à mesure que l'attaque de mon bourreau s'intensifiait.

Érik ne revint jamais.

Lorsque l'horloge marqua l'heure suivante, je sus que quelque chose n'allait pas. Je me levai sur des jambes flageolantes, l'estomac retourné par la douleur atroce qui me fracturait le crâne. Traxia ne cherchait plus à m'attirer. Elle essayait simplement de me briser. Plus de chansons aguichantes, plus de belles illusions, seulement des cris de banshee et des bruits à me crever les tympans au volume maximum jouant sans arrêt dans ma tête.

D'un pas ivre, je me dirigeai vers le bureau d'Érik. Les cris enragés de Traxia s'amplifiaient à chaque pas. Des larmes de douleur perlèrent dans mes yeux, et je criai le nom d'Érik.

En vain.

Au moment où j'atteignis son bureau, les larmes inondaient mon visage. Lorsque j'ouvris la porte et le trouvai vide, de violents sanglots secouèrent mon corps. Je n'en pouvais plus. Au point où j'en étais, j'aurais fait n'importe quoi, j'aurais donné n'importe quoi pour un moment de paix et de tranquillité. Même la mort valait mieux que cette torture.

Alors que je me détournais du bureau d'Érik, m'appuyant lourdement sur le mur pour me soutenir, l'intensité de la cacophonie dans ma tête sembla s'atténuer. Je n'aurais su dire si c'était réel ou si je m'adaptais simplement à ce seuil d'agonie, mais je m'en réjouissais.

Me déplaçant aussi vite que mon état me le permettait, je me précipitai vers la salle de musique. Mais une voix bien-aimée au milieu des cris me fit tourner la tête vers la gauche pour regarder par-dessus mon épaule.

Érik ! C'était Érik !

J'avais entendu sa voix dans mes oreilles, pas dans ma tête. Tournant sur mes talons, je criai son nom en courant dans la direction d'où venait sa voix. Les hurlements dans mon esprit triplèrent d'intensité. Je criai de douleur et tombai à genoux. J'eus quelques haut-le-cœur, mon estomac se contractant horriblement tandis que j'attendais que mon esprit se fracture.

Le son de la voix d'Érik criant à nouveau mon nom avec horreur me fit repasser à l'action. Me forçant à me relever, je m'élançai en avant, mais une douleur fulgurante à l'arrière de mon crâne me fit retomber. J'avais l'impression que quelqu'un me donnait un coup de hache derrière la tête.

J'arrive, Érik. J'arrive !

À moitié courant, à moitié rampant, j'avançai dans la direction d'où émanait sa voix, pour me rendre compte qu'elle provenait du donjon, dont les portes massives gisaient grandes ouvertes. Pourquoi Érik serait-il dans le donjon, surtout si tard dans la soirée ? Étais-je en train d'halluciner ? S'agissait-il d'un autre stratagème de Traxia pour m'amener devant la Porte Scellée ?

Et s'il est réellement en bas et en détresse ?

L'atroce mal de tête m'empêchait de penser correctement.

— JE VAIS TE TUER ! cria au loin la voix étouffée d'Érik.

Par les dieux ! À qui parle-t-il ? Qui menace-t-il ? Qui d'autre est ici ?

Avec un sursaut d'énergie que je ne pensais pas posséder encore, je me levai d'un bond et courus vers la porte. Alors que je commençais à dévaler les escaliers, j'ouvris la bouche pour interpeller à nouveau Érik, mais les paroles de son interlocutrice me firent taire et me stoppèrent net dans mon élan.

— Tu ne peux pas me tuer, imbécile, dit Traxia, la voix pleine de mépris. Si je meurs, tu ne pourras plus exploiter mon pouvoir. Tu as mal joué, cher frère. Tu as pris Astrid pour une femme timide et facilement manipulable. Mais je crois qu'elle va te battre à ton propre jeu et remporter ton défi. Ensuite, le kraken et moi passerons sous son contrôle. Tu as peut-être trompé ta tante et ce gaspillage d'oxygène qu'elle appelle sa nouvelle sorcière royale des mers, mais toi et moi connaissons la vérité.

Et ta chère épouse t'exposera comme le véritable monstre que tu es.

Érik gloussa, le son inhabituellement aigu faisant remonter des frissons glacés le long de ma colonne vertébrale. Je connaissais ce rire. Il m'avait hanté un million de fois lorsque Traxia me narguait. Il n'avait sûrement pas prétendu être... ?

— Oh, Traxia. Après toutes ces années, j'aurais pensé que tu aurais appris une chose ou deux, dit Érik avec une cruauté et une méchanceté qui me firent monter la bile à la gorge. Cela fait bien longtemps que je n'ai pas besoin de ton aide pour contrôler le kraken. À ton avis, qui l'a lâché contre mes parents ?

— Toi ?! s'exclama Traxia, la voix remplie d'horreur et d'incrédulité. Mais comment ? Il est lié à moi ! C'est pour ça que tout le monde m'a accusée !

Érik rit à nouveau.

— As-tu oublié que nous sommes frère et sœur ? Ton lien de sang avec le kraken l'a aussi lié à moi. Tu te moques d'Inga et de tante Eira, et pourtant elles sont au courant de mon lien avec la bête.

— Elles savaient ?! Non. Eira ne te soutiendrait jamais si elle savait que tu as tué son frère, s'exclama Traxia.

Je me sentis défaillir. Rien de tout cela ne pouvait être vrai. Prenant appui sur le mur, je descendis de quelques marches pour voir ce qui se passait en bas. Je sentis mon visage se vider de son sang devant le spectacle qui s'offrait à moi.

Pendant une fraction de seconde, je crus qu'Érik avait ouvert la porte, mais je me rendis compte qu'elle était devenue transparente ou qu'une seconde porte en verre retenait sa sœur prisonnière à l'intérieur. La pièce semblait remplie d'eau, Traxia – une véritable sirène – flottait devant son frère. Ses cheveux blonds, de la même couleur que ceux de leur défunt père, dansaient autour de son visage comme une auréole dorée. Sa queue, aux longues nageoires fluides, était de la même couleur pâle que ses cheveux, avec de petites taches dorées.

Comment une personne aussi magnifique pouvait-elle être aussi maléfique ?

Mais l'était-elle vraiment ? Si cette conversation était réelle, alors Érik était le monstre depuis le début.

— Elles ne le savent pas. Selon elles, je n'ai découvert qu'il y a quelques semaines que j'ai du pouvoir sur le kraken, dit Érik d'un ton moqueur. Elles me croient follement amoureux de cette créature ennuyeuse que j'appelle mon épouse. J'ai joué le jeu pour qu'elles me donnent des trucs pour briser ton emprise sur Astrid. Je ne pouvais pas te laisser empoisonner davantage son esprit contre moi.

— Astrid n'a plus que deux mois à tenir. Ensuite, tu seras coincé avec elle pour toujours, et tu m'auras perdue, siffla Traxia. Une fois cette pièce entièrement scellée...

— Une fois cette pièce entièrement scellée, vous aurez toutes les deux rempli votre rôle, interrompit Érik avec dédain. Ce n'est pas pour rien que je n'ai fait qu'une union par mains liées. Une fois l'année écoulée, l'une ou l'autre des parties peut décider de mettre fin à l'union. Je vais la renvoyer à son père. De toute façon, chaque sceau qu'elle active lui enlève une partie de sa force vitale. Si le dernier ne la tue pas, elle ne sera plus que l'ombre d'elle-même.

— Cet imbécile t'aime ! s'exclama Traxia.

Érik agita une main dédaigneuse.

— L'amour est une illusion. Donne quelques orgasmes à une femme, et elle sera prête à tuer pour toi. Astrid aime ma queue, comme ta mère aimait celle de mon père.

— ESPÈCE DE BÂTARD ! siffla Traxia.

Érik gloussa.

— En fait, c'est toi la bâtarde. Je suis légitime. Mais rassure-toi, ta misère va bientôt prendre fin. Ma bague ne se contente pas de m'avertir que mon épouse actuelle est en train de céder à la tentation. Pendant que le médaillon d'Astrid absorbe sa force vitale pour activer les sceaux, la bague absorbe toute l'énergie et le pouvoir contenus dans cette pièce. Une fois qu'Astrid aura achevé le défi, toute l'énergie qu'elle, ainsi que celle de mes épouses précédentes, ont fournie à la porte, ainsi que tout ton pouvoir et toute ta magie, me seront transférés. Tu mourras, mais je suis sûr que tu préféreras la mort à l'éternité enfermée dans cette pièce sombre.

— Ou bien ta femme, qui s'est révélée plus forte que prévu, pourrait découvrir ton stratagème, se débarrasser du collier et t'exposer comme celui que tu es vraiment, dit Traxia.

Ses yeux argentés se levèrent pour me regarder droit dans les yeux. Mon souffle s'étrangla dans ma gorge et mon sang se glaça lorsqu'Érik tourna brusquement la tête pour regarder par-dessus son épaule ce que fixait sa sœur.

Le choc, la colère et l'incrédulité se succédèrent sur ses traits, avant de passer à une expression presque triste.

— Astrid, Astrid, Astrid... Tu te débrouillais si bien. Tu ne mettais jamais ton nez là où il ne fallait pas. Tu faisais preuve d'une résistance exceptionnelle à la tentation. Mais il a fallu que tu viennes m'espionner maintenant. Je suis très déçu, dit Érik avec résignation.

— FUIS, ASTRID ! Enlève ce collier et sauve-toi ! cria Traxia.

— Non, chère épouse, dit Érik d'une voix menaçante.

Le changement de ton et la vibration de sa voix me frappèrent comme une massue.

— Viens à moi, Astrid.

Avec une volonté propre, mes jambes me forcèrent à descendre les escaliers vers lui, alors que chaque fibre de mon être me criait de m'enfuir. Tandis que je descendais les marches, subjuguée par sa compulsion, Érik se retourna nonchalamment pour faire face à sa sœur.

— Tu en as assez fait pour ce soir.

Sur ces paroles, il sortit sa bague du trou plus profond de la serrure où je plaçais habituellement mon médaillon en forme de nautile pour charger les sceaux. Une lueur magique se propagea sur le mur de verre, qui s'assombrit avant de reprendre son aspect de bois épais.

Érik se retourna pour me faire face. Il secoua la tête d'une manière qui semblait signifier « Quel gaspillage ! » en tirant une dague ornée de sa ceinture.

— Érik, que vas-tu faire ? lui demandai-je d'une voix haletante et terrifiée.

— Ce que tu m'as forcé à faire, Astrid. Je voulais vraiment te libérer une fois que tout serait terminé. Mais il a fallu que tu te mêles de mes affaires, dit Érik d'un ton impassible. Ne t'inquiète pas. Je ferai en sorte que ce soit rapide.

De toutes mes forces, je tentai de lutter contre sa compulsion. L'espace d'un instant, je me sentis reprendre le contrôle de mes jambes.

— Ne résiste pas. Viens à moi, répéta Érik avec plus de fermeté, sa voix m'obligeant à obtempérer.

Ce devait être une illusion. Ce n'était pas possible. Il ne pouvait pas m'avoir trompée aussi complètement pendant dix mois. J'avais partagé le lit de cet homme. Il m'avait prise dans ses bras et m'avait réconfortée pendant les moments difficiles de cette épreuve. Toutes les fois où il avait professé son amour pour moi, la sincérité dans ses yeux et sa voix avait été indéniable. Cela ne pouvait pas être vrai.

Dans un éclair de lucidité, je réalisai que l'épouvantable douleur qui m'avait ravagé le cerveau s'était arrêtée depuis un certain temps. En fait, elle s'était arrêtée lorsque j'avais commencé à écouter leur conversation. C'était trop opportun. Alors même que mes pieds me conduisaient impitoyablement vers ma mort, je tirai une épingle dans mes cheveux. La confusion et l'incrédulité s'installèrent sur le beau visage d'Érik. Il pensait sans doute que j'avais l'intention de m'en servir comme d'une arme pour le combattre.

Je n'aurais aucune chance face à lui.

Au lieu de cela, je poignardai le dos de ma main avec. Je sifflai sous l'effet de la douleur – une véritable douleur, pas la sensation sourde que je ressentais habituellement lorsque j'étais prisonnière d'une illusion. Pendant un bref instant, une terreur étouffante m'écrasa. Si je ressentais une douleur réelle, alors j'étais vraiment dans le donjon, à quelques pas d'Érik, sur le point de me faire assassiner par l'homme à qui j'avais donné mon cœur et mon âme.

Puis son image se mit à vaciller.

Même si j'ai cessé d'avancer, je demeurais rivée sur place. Érik sembla fondre devant moi comme une statue de cire grandeur nature. Simultanément, le son étouffé d'une voix perça le brouillard qui enveloppait mon esprit. Ma vision s'éclaircit pour révéler que je me tenais en fait directement devant la Porte Scellée qui était close, Érik à genoux à mes pieds. Le visage trempé de larmes, il avait l'air complètement anéanti... dévasté.

— Vas-y, Érik ! Tue-moi ou tue-toi ! Tu as perdu !

Je faillis bondir hors de ma peau en entendant des paroles aussi odieuses crachées avec colère envers Érik par ma propre voix. Cette voix provenait de derrière moi. Mais pour Érik, cela paraissait comme si c'était moi qui les avais prononcées. Un simple coup d'œil à son visage et à ses yeux vitreux me convainquit qu'il était en train d'halluciner.

L'horreur me submergea lorsque je compris enfin quel plan machiavélique elle avait mis en place pour nous. Si Érik me tuait ou se tuait lui-même, elle gagnerait. Traxia avait compris qu'elle ne parviendrait jamais à me faire tourner la clé dans le sens des aiguilles d'une montre. Si elle ne parvenait pas à me faire céder à la tentation, elle me tuerait tout simplement.

— ÉRIK ! RÉVEILLE-TOI ! criai-je en me jetant sur lui.

Avec un cri de rage, il tenta aussitôt de me maîtriser. Je ne me débattis pas. Mon mari était bien trop fort, plus qu'un humain normal. Au lieu de cela, je plantai mon épingle à cheveux dans son avant-bras.

Il grogna de douleur puis me saisit le poignet. Avant qu'il ne puisse me repousser ou me plaquer au sol, je passai mon bras libre autour de son cou et me pressai contre lui, ma joue contre la sienne.

— Tu n'as pas échoué, Érik. *Je* n'ai pas échoué. La porte est toujours fermée. C'est une illusion. Sens la douleur dans ton bras et regarde la porte. Elle est fermée ! Le médaillon est toujours autour de mon cou.

Mon cœur rata un battement lorsqu'il s'arracha de mon étreinte et dégaina le poignard qu'il portait à la ceinture.

— C'est moi, Érik. Regarde ma poitrine. Regarde ta bague. La porte est encore scellée, suppliai-je d'une voix éplorée, tandis que les larmes me montaient aux yeux. S'il te plaît, mon amour. Nous avons parcouru tant de chemin ensemble. Reviens vers moi.

Érik cligna des yeux et son regard devint flou avant de se fixer sur le médaillon qui pendait à mon cou. Le choc, l'incrédulité et la confusion se bousculèrent sur ses traits. Il releva brusquement la tête pour regarder la porte derrière moi, un étrange mélange d'horreur et de soulagement se dessinant sur son visage.

— Astrid ? demanda-t-il en me regardant comme s'il n'arrivait pas à croire que j'étais réelle.

— Oui, Érik. C'est moi, dis-je, riant et pleurant en même temps.

— Oh, par les dieux ! Astrid ! s'exclama-t-il en jetant sa dague comme si elle lui brûlait la main.

Il m'attira dans une étreinte meurtrissante alors même qu'il se levait d'un bond. Me tenant dans ses bras, il sortit du donjon en courant, gravissant chaque marche deux par deux, comme si une armée de démons était à nos trousses. Je m'accrochai à lui, en continuant à rire et à pleurer en même temps. La voix enragée de Traxia dans ma tête, qui nous injuriait, me fit rire encore plus fort.

Une fois de retour dans notre chambre, il me posa sur mes

pieds, ne me lâchant que le temps de fermer la porte. Il recommença immédiatement à me toucher, comme le ferait un parent pour s'assurer que son enfant n'avait subi aucune blessure après une terrible chute.

— Je vais bien, Érik. Tout va bien. Je te le jure, dis-je en riant encore alors que des larmes ruisselaient sur mes joues.

— J'ai cru que je t'avais perdue, dit-il d'une voix torturée. Tu avais ouvert la porte et tu t'étais rendue...

— JAMAIS ! Je ne me rendrai *jamais* à elle, et elle le sait, dis-je avec force en l'interrompant. Traxia est de plus en plus désespérée. Si elle ne peut pas m'influencer, elle essaiera d'éliminer l'un d'entre nous. Tant que toi et moi continuerons à veiller l'un sur l'autre, elle ne pourra pas gagner. Je t'aime, Érik. Je n'irai nulle part.

— Ma magnifique femme, tu es tout pour moi, dit Érik avec ferveur avant d'écraser mes lèvres dans un baiser presque désespéré.

Je fondis contre lui, son amour m'enveloppant comme une couverture chaude par une froide nuit d'hiver. Je m'accrochai à ce sentiment et le rangeai au plus profond de moi. Chaque fois que Traxia me ferait douter, je me rappellerais ce moment et la sincérité de son amour.

Il rompit le baiser et posa son front contre le mien dans un moment de tendresse.

— Que s'est-il passé ? demandai-je d'une voix douce au bout d'un moment.

Érik ferma les yeux et poussa un grognement de colère.

— J'ai baissé ma garde trop longtemps, dit-il. Je l'ai laissée prendre le dessus sur moi.

— Non, Érik. Elle n'a eu le dessus qu'un court instant, mais à la fin, tu l'as emporté, corrigeai-je.

— *Nous* l'avons emporté, surtout grâce à toi, dit-il, visiblement toujours en colère contre lui-même.

— Nous avons triomphé parce que tu m'as donné les outils

nécessaires pour que je puisse tirer mon épingle du jeu. C'est ton amour qui me permet de continuer, Érik. Sans toi et sans le soutien infini que tu m'as apporté, j'aurais échoué depuis longtemps.

Il sourit avec reconnaissance, puis m'attira sur le canapé. Je m'installai sur ses genoux et me blottis contre lui comme j'aimais le faire. Un doux ronronnement s'éleva de ma gorge lorsqu'il me caressa doucement le dos, ce qui le fit glousser.

Il soupira, redevenant sérieux, puis se lança dans le récit des événements. Je levai la tête pour le regarder lorsqu'il hésita à décrire ce qui s'était passé dans la galerie.

— Laisse-moi deviner, les portraits me disaient de me débarrasser du collier, de m'enfuir et de dire à tout le monde que c'est toi le véritable monstre, dis-je de manière factuelle.

Érik blêmit, ses yeux oscillant entre les miens pour évaluer mes pensées. Je souris et lui caressai la barbe.

— Traxia m'a déjà fait le coup plusieurs fois. Je n'en crois rien. Tu m'as prouvé à maintes reprises que tu m'aimais, dis-je avec conviction. Sa seule possibilité de gagner est de nous diviser, de nous monter l'un contre l'autre. Cela n'arrivera jamais. Chaque fois qu'elle essaie de te dépeindre comme un monstre, elle perd son emprise sur moi.

— Je suis heureux de l'entendre. Les horreurs qu'elle dit à mon sujet... dit Érik avec un regard hanté.

— Tu n'as pas idée, répondis-je, un frisson me parcourant l'échine tandis que je lui expliquais l'illusion qu'elle avait créée en le présentant comme un monstre assoiffé de pouvoir, qui était allé jusqu'à tuer ses propres parents pour accéder au trône plus rapidement.

La haine brûla dans ses yeux lorsque je prononçai ces paroles.

— N'y a-t-il rien de trop vil pour elle ? siffla-t-il.

— Apparemment, non. Et c'est pourquoi tu ne peux pas te permettre d'être à nouveau aussi vulnérable, dis-je prudemment.

Érik se raidit et me contempla d'un air interrogateur. Je remuai sur ses genoux et replaçai une mèche de cheveux derrière mon oreille tout en choisissant soigneusement mes paroles.

— Avant, tu étais immunisé contre son chant de sirène, expliquai-je. Je devais te dire qu'elle me parlait pour que tu le saches. Maintenant, tu le sens immédiatement et tu fais diversion.

— Oui, c'est pour te protéger, dit-il, visiblement décontenancé que je remette en cause ses actions. Plus tôt j'interviens et moins tu souffres.

— Mais plus tu tends l'oreille pour elle et plus tu deviens vulnérable, arguai-je gentiment. J'ai besoin que tu me gardes bien ancrée dans la réalité. Tu ne peux pas le faire si tu luttes pour préserver ta propre santé mentale. Protège-toi. Je te le dirai dès qu'elle commencera à faire des siennes. Et si elle parvient à prendre trop d'emprise sur moi, fais-moi mal.

Érik eut un mouvement de recul.

— QUOI ?!

Je hochai la tête avec force.

— Tu m'as bien entendue. Ce n'est pas pour rien que je t'ai poignardé avec mon épingle à cheveux. D'ailleurs, je suis désolée pour ça. Mais une vraie douleur physique aide à briser l'illusion. Je suppose que c'est notre instinct de survie qui nous oblige à mieux voir ce qui nous entoure. Se blesser physiquement dans ses illusions ne procure pas la même sensation que dans la réalité. Pince-moi ou quelque chose comme ça et dis-moi de ressentir la douleur.

Ses yeux oscillèrent de gauche à droite comme s'il essayait de se souvenir de quelque chose, puis il se reconcentra sur moi d'un air émerveillé.

— Tu as raison. Je suis tombé dans l'escalier et j'ai cru que je m'étais déboîté l'épaule. Mais maintenant, je vois que la douleur n'était pas normale. Par les dieux, tu ne cesseras jamais de m'impressionner, murmura-t-il.

Je haussai les épaules et lui adressai un sourire suffisant.

— Tu es coincé avec moi, roi Érik Thorsen. Il n'y a pas de limites à la créativité dont je ferai preuve pour vaincre cette malédiction. Mais pour l'instant, je veux être créative d'une manière très différente, cher mari.

Les yeux d'Érik s'écarquillèrent avant de s'embraser. Mes joues s'échauffèrent devant mon audace. D'habitude, c'était mon mari qui prenait l'initiative et le contrôle de notre intimité. Même si j'étais plus qu'heureuse de me soumettre à sa dominance, j'avais parfois envie de prendre les rênes. Il était si époustouflant, son corps si parfait. Le voir frissonner à mon contact, gémir en réponse à mes caresses et chavirer pour moi me donnait toujours l'impression d'être une déesse.

Je me penchai en avant, mes lèvres frôlant les siennes tandis que mes mains parcouraient ses abdominaux musclés. Il approfondit le baiser, essayant instinctivement de prendre le dessus. Je m'éloignai et lui lançai le même type de regard sévère qu'il me lançait souvent lorsqu'il me voulait soumise.

— Tut, tut ! C'est au tour de ta reine maintenant de s'occuper de toi, dis-je d'un ton sévère teinté de sensualité. Je veux te faire des choses coquines.

— Bien sûr, ma reine. Je suis à toi. Tu peux me faire ce que tu veux, répondit-il d'une voix rauque, ses yeux d'argent s'assombrissant comme un ciel d'orage.

Avec un sourire triomphant, je repris ses lèvres, mes mains se faufilant sous le tissu soyeux de sa chemise. Alors que nos langues se mêlaient, je frottai mes paumes sur les sillons ciselés de son abdomen, faisant glisser sa chemise vers le haut tandis que mes paumes se dirigeaient vers son torse. Par les dieux, comme j'aimais la sensation de sa peau lisse et le durcissement de ses mamelons à mon toucher.

Je n'interrompis le baiser que le temps d'enlever sa chemise. Le goût du vin rouge que nous avions bu plus tôt au cours de notre repas persistait dans son souffle, me rendant encore plus ivre de désir pour mon homme. Empoignant au niveau de la nuque ses cheveux bleu nuit qui lui arrivaient aux épaules, je tirai doucement mais fermement sa tête vers l'arrière.

Le son de sa forte inspiration résonna directement entre mes cuisses tandis que je laissais mes lèvres explorer son visage. Les mèches soyeuses de sa barbe les chatouillèrent alors qu'elles descendaient jusqu'à son cou. Sortant ma langue, je léchai les lignes à peine visibles qui marquaient ce qu'il m'avait dit se transformer en branchies une fois qu'il plongeait dans l'eau salée. S'il ne me l'avait pas révélé, je ne l'aurais jamais su et j'aurais simplement supposé qu'il s'agissait de vieilles cicatrices presque entièrement effacées. Je détestais ne pas pouvoir aller dans l'océan avec lui pour être témoin de cette autre facette de lui. Mais bientôt... très bientôt, je le ferais.

Il frissonna, ses doigts glissant dans mes cheveux pour se poser sur ma nuque. Pour mon plus grand bonheur, il ne chercha pas à me contrôler, me laissant explorer son corps comme je l'entendais. Je suçai encore quelques instants ses branchies fermées avant de descendre de ses genoux tandis que mes lèvres continuaient à se balader jusqu'à son torse. Écartant ses jambes, je m'agenouillai entre elles, mes mains caressant toujours son ventre tandis que ma langue taquinait ses mamelons.

Érik gémit une fois de plus, ses muscles abdominaux frémissant entre mes doigts. Je souris à nouveau alors même que je refermais mes lèvres autour de son petit mamelon, le suçant lentement. Je taquinai l'autre avec mon pouce avant de le tordre, pas assez fort pour lui faire mal, mais suffisamment pour lui donner un bon pincement. Son grognement d'approbation m'enhardit. Mon homme aimait un peu de douleur.

Tout en continuant à lécher et à mordiller son mamelon, je détachai son pantalon et libérai ma récompense. Érik siffla, son dos se redressant lorsque ma main se referma autour de son membre – ou du moins essaya. Son épaisse circonférence empêchait mes doigts d'en faire le tour. Appuyant ma paume libre sur sa poitrine, je le repoussai contre le dossier du canapé tout en lui lançant un regard sévère.

Les yeux rivés sur les siens, je me délectais du pouvoir que j'avais sur lui tandis qu'il me dévisageait, les yeux voilés et les lèvres entrouvertes. Sa respiration s'accéléra lorsque je commençai à le caresser. Par les dieux, comme j'adorais son expression et la façon dont il réagissait au plaisir que je lui procurais. Cependant, même si je voulais continuer à me délecter de sa beauté, ma bouche ne demandait qu'à le goûter.

Je parsemai son ventre de baisers, sa respiration de plus en plus laborieuse m'encourageant. La façon étranglée dont il cria mon nom lorsque je refermai mes lèvres sur la pointe de son sexe me fit mouiller entre les cuisses. J'étais censée lui donner du plaisir, et pourtant ses gémissements dans mes oreilles et la texture soyeuse de son membre sur ma langue faisaient se contracter mes parois intérieures de désir.

Je bougeai la tête au-dessus de lui, ma main se déplaçant en contrepoint du mouvement de ma bouche. Bientôt, ses gémissements extatiques, la façon dont sa main s'accrochait à mes cheveux et les spasmes involontaires de ses jambes m'avertirent de l'imminence de son orgasme. J'accélérai le rythme, éraflant son membre de mes dents à chaque mouvement ascendant, et le taquinant avec ma langue tandis que je le reprenais au plus profond de ma gorge.

Érik émit soudain un grognement sauvage. Pendant une fraction de seconde, je crus qu'il avait atteint la volupté. Mais au lieu de cela, je poussai un petit cri lorsqu'il tira ma tête en arrière, l'éloignant de lui. Avant que je ne réalise ce qui se passait, il se pencha en avant, m'attrapa par la taille et me projeta en arrière avec une force herculéenne. Je volai dans les airs, mon cri choqué se transformant en un halètement de surprise lorsque j'atterris sur la douceur moelleuse de notre matelas.

Hébétée et confuse, je dévisageai mon mari, bouche bée, et le vis sortir de son pantalon, qui était tombé autour de ses chevilles.

Mon estomac fit quelques sauts périlleux de peur et d'excitation lorsqu'il se jeta sur moi avec un regard presque sauvage. Je pensais qu'Érik allait grimper sur moi et s'enfoncer jusqu'à la garde avant de déchaîner sa passion sur moi. Au lieu de cela, il s'empara de l'ourlet de ma tunique de nuit, la déchirant comme s'il s'était agi d'une vulgaire feuille de parchemin.

Cette fois, mon hoquet se transforma en un gémissement voluptueux et nécessiteux lorsqu'Érik enfouit son visage entre mes cuisses. Il ne se livra pas à ses lents préliminaires et ne me taquina pas avec les tortures les plus exquises, comme il en avait l'habitude. Ses lèvres se posèrent immédiatement sur mon petit bouton, le suçant avec frénésie tandis que deux de ses doigts s'enfonçaient profondément en moi.

Mon dos se cambra sur le lit alors que mon plaisir montait rapidement en vagues ardentes. Les doigts experts d'Érik qui me faisaient l'amour ne cessaient d'effleurer le point sensible à l'intérieur de moi avec une précision redoutable, envoyant des étincelles dans tout mon corps. Je m'abandonnai à lui, une main se posant sur sa nuque tandis que je caressais mon sein avec l'autre. Les jambes tremblantes sous l'effet de ma jouissance imminente, je scandais son nom, l'encourageant à continuer de me toucher exactement de la manière dont j'avais besoin.

Mon orgasme me frappa avec une violence inouïe. Je criai, mon corps tremblant tandis que mon esprit s'envolait. Érik ne cessa pas de festoyer sur moi pendant un certain temps, tandis que je continuais à planer. Ce ne fut que lorsque je commençai à redescendre qu'il se décida enfin à s'arrêter. À ma grande surprise, il ne monta pas immédiatement sur moi. Au lieu de cela, il prit un moment pour me débarrasser des derniers lambeaux de ma tunique de nuit.

Un profond gémissement jaillit de ma gorge lorsqu'il s'allongea enfin sur moi, la chaleur brûlante de sa peau nue enveloppant la mienne.

— As-tu la moindre idée de combien je t'aime ? murmura-t-il d'une voix presque torturée tout en me regardant avec adoration.

Les larmes me piquèrent les yeux sous l'effet de la puissante émotion qui montait en moi. Mais Érik ne me laissa pas le temps de répondre, ses lèvres réclamant les miennes avec une passion teintée de tendresse qui me fit fondre de l'intérieur. Alors que nos langues se mêlaient, Érik commença à s'enfoncer en moi. Par les dieux, comme j'aimais cet homme.

La façon dont il me regardait, me touchait, me parlait, je n'aurais jamais cru que quelqu'un puisse un jour me faire sentir aussi désirable ou chérie. Je n'avais pas cette ossature délicate, cette silhouette svelte et cette peau de porcelaine qui étaient considérées comme le summum de la beauté à Rathlin.

Comparée à des femmes comme Hilda ou ma sœur, je m'étais toujours sentie inférieure. Je possédais une forte ossature, des courbes généreuses et une peau naturellement bronzée, rendue encore plus foncée par ma propension à me promener dehors sans ombrelle pour m'abriter du soleil. Mais Érik me donnait l'impression d'être l'incarnation de la perfection, le prouvant à maintes reprises par le désir ardent qui brûlait toujours dans ses yeux lorsqu'il me contemplait et la faim enragée avec laquelle il me réclamait, corps et âme.

La brûlure initiale de sa possession s'estompa rapidement. Nos voix se mêlèrent dans des soupirs béats tandis qu'il accélérait progressivement le rythme. Mes ongles s'enfoncèrent dans son dos pendant que je soulevais mon bassin pour le rencontrer, coup de reins pour coup de reins. Du feu liquide coulait dans mes veines pendant qu'une mare de lave tourbillonnait au creux de mon estomac. Ma peau me picotait tandis qu'une vague d'extase me submergeait. Je me noyais dans un océan de plaisir. Le bruit de la chair contre la chair, mes gémissements voluptueux et la respiration laborieuse d'Érik entrecoupée de paroles pécheresses emplissaient mes oreilles.

Ma colonne vertébrale se contracta et une lumière aveuglante jaillit devant mes yeux alors que mon orgasme déferla sur moi. Je criai, mon corps tremblant dans les bras de mon mari. Érik cria également alors que mes parois intérieures se resserraient sur son membre. Mais il ne céda pas. Quelque chose sembla se briser en lui et il déchaîna enfin sa bête.

Ses mains se resserrèrent sur mes hanches avec une force brutale, tandis qu'il s'acharnait sur moi avec un abandon débridé. Les dents serrées, les yeux fermés comme sous l'effet d'une douleur intense, Érik émettait des grognements presque bestiaux entre deux gémissements. Je me sentais sur le point d'entrer en combustion à cause du brasier qui faisait rage à l'intérieur de moi. Je crus que sa possession brutale allait me briser, m'engloutissant dans un maelström de plaisir et de douleur. Et pourtant, je ne voulais pas qu'il s'arrête, même si mon esprit menaçait de se fracturer sous l'excès de sensations.

L'orgasme suivant m'emporta à l'improviste. Pendant un instant, j'eus l'impression que ma conscience avait été expulsée hors de mon corps. Ma bouche s'ouvrit en un O silencieux tandis qu'Érik rejetait la tête en arrière et rugissait sa propre délivrance. Ses mouvements devinrent erratiques alors qu'il continuait à entrer et sortir de moi, sa semence faisant éruption en de puissants jets. Ma tête roulant d'un côté à l'autre sur le matelas, je volai sur les ailes de l'extase jusqu'à ce que la pièce cessât enfin de tourner autour de moi.

Complètement anéantie, je laissai Érik me prendre dans ses bras alors qu'il roulait sur le dos. La tête posée sur sa poitrine, je m'endormis au son du tambourinement de son cœur qui s'apaisait lentement et des mots d'amour que mon mari me murmurait à l'oreille.

CHAPITRE 13
ASTRID

À partir de ce jour fatidique, le lien entre Érik et moi se renforça encore davantage. Cependant, cela n'empêchait pas nos soirées de devenir de véritables cauchemars. La voix de Traxia s'était faite plus pressante et plus puissante. Elle était à court de temps et n'avait que les nuits pour me briser – pour *nous* briser. Elle redoublait d'efforts pour tenter de rendre Érik fou. Heureusement, comme il avait rétabli ses défenses, elle n'arrivait à rien avec lui.

Mon mari était mon héros. Il ne me quittait jamais, faisant passer les affaires du royaume après mes besoins. Chaque fois que je n'arrivais pas à dormir, Érik restait éveillé du crépuscule à l'aube pour me distraire des tentatives de Traxia. Malgré cela, certaines nuits étaient si difficiles que je pensais devenir folle.

Dans mon désespoir, j'avais demandé à Érik qu'il me mette en cage ou qu'il m'enchaîne. Évidemment, cela aurait été trop facile. En vertu de la malédiction, on ne pouvait pas me retenir contre mon gré ou m'empêcher physiquement d'ouvrir la Porte Scellée, si tel était mon désir. Tout ce qu'Érik pouvait faire, c'était essayer de m'influencer jusqu'à ce que je consente sans équivoque à ce qu'il me conduise ailleurs. Alors seulement, il pouvait m'emmener.

Du côté positif, il s'avéra que Traxia n'était pas très voyeuse. Chaque fois qu'Érik et moi devenions intimes – bien au-delà d'un simple baiser ou d'une caresse légère – la voix harcelante de Traxia s'estompait. Je doutais que la timidité ou la réticence à espionner son frère en train de jouer les coquins y soit pour quelque chose. Chaque fois que je vivais des moments intenses de bonheur ou de plaisir, elle battait en retraite. Cela me poussa à soupçonner qu'elle avait besoin de détresse pour s'épanouir et s'accrocher.

Étonnamment, la force et l'intensité de ses assauts diminuèrent soudainement. Cela nous inquiéta. Son pouvoir s'affaiblissait-il ou rassemblait-elle ses forces en vue d'une attaque ultime et dévastatrice ? Comme les spéculations ne nous menaient nulle part, nous décidâmes de profiter de ce répit partiel tout en restant sur nos gardes.

Ainsi, nous passâmes à travers les semaines restantes de mon défi. Le mois de décembre se termina, suivi d'un mois de janvier enneigé et frisquet. C'était mon anniversaire ce mois-ci, et Érik organisa un bal en mon honneur. L'excitation m'envahit lorsque l'élite de Rathlin pénétra dans la salle de bal. Debout aux côtés de mon mari sur le balcon qui surplombait la salle, je ressentis une étrange impression de déjà-vu de ma première fois dans cette pièce.

— Je me tenais ici même, il y a onze mois, déprimé à l'idée de choisir une autre épouse. Pendant tout ce temps, je devais écouter Hilda se vanter d'être certaine que j'allais la choisir, dit Érik avec nostalgie.

— Alors tu étais *bien là* ! m'exclamai-je. Je soupçonnais que quelqu'un nous observait. Mais lorsque j'ai levé les yeux, le balcon était trop sombre pour que je puisse voir quoi que ce soit.

Il sourit, la tendresse dans ses yeux me faisant fondre de l'intérieur. Du revers de deux doigts, il caressa mes joues, puis mes lèvres.

— Effectivement, je l'étais. Je me tiens toujours ici pour me faire une idée de la véritable nature des gens lorsqu'ils pensent que je ne suis pas là, dit Érik avec une pointe de dédain dans la voix. Je me sentais plutôt désemparé en regardant ces jeunes filles. Aucune d'entre elles n'avait l'étoffe d'une reine, et encore moins la force de relever ce défi. J'allais demander à Tormund de choisir celle dont la famille avait le plus besoin du gage de la mariée quand je t'ai enfin aperçue. Tu m'as coupé le souffle.

— Quoi ? m'exclamai-je, abasourdie par ses paroles. Mais pourquoi ? J'étais si incroyablement gauche ce soir-là. Avec ma famille au bord de la déchéance, les autres ne voulaient pas me côtoyer. Je n'arrêtais pas de me dire que cela avait été une erreur de venir. Si les autres jeunes filles, dont certaines d'un rang inférieur au mien, me jugeaient indigne, pourquoi notre roi m'aurait-il accordé ne serait-ce qu'un regard ?

— Et pourtant, tu étais la plus belle et la plus gracieuse d'entre elles, riposta-t-il avec une ferveur qui me donnait la chair de poule. Je t'ai désirée dès que j'ai posé les yeux sur toi. Quand j'ai demandé à Tormund de me parler de toi et qu'il m'a fait part des problèmes financiers de ta famille, j'ai eu l'impression que c'était le destin. Et dès que nous avons dansé, j'ai su que tu étais la bonne.

Un autre frisson délicieux me parcourut l'échine à la façon dont sa voix devint plus grave en prononçant cette dernière phrase. Passant un bras autour de ma taille, il m'attira contre son corps ferme. Je fondis contre lui.

— La sensation que j'avais ressentie en te tenant dans mes bras m'avait enflammé le sang. Il y avait une innocence en toi, mêlée à une audace et une force que je trouvais incroyablement séduisantes. Malgré cela, j'ai failli te laisser partir, dit Érik, comme s'il n'arrivait pas à y croire.

— Pourquoi ? À cause d'Hilda ? demandai-je, curieuse.

— Absolument pas. Je ne peux pas la supporter, dit Érik avec dégoût. J'aurais simplement voulu que tu aies envie de moi, comme j'avais envie de toi. Je détestais que tu envisages de m'épouser uniquement pour ce que je pourrais faire pour ta famille. Mais par-dessus tout, je voulais que tu vives. Je ne pensais pas que...

Je souris et caressai ses cheveux quand sa voix s'estompa.

— Tu ne pensais pas que je tiendrais le coup.

Son front se plissa.

— Je priais pour que tu le fasses, mais j'ai été déçu tant de fois.

— Et au lieu de cela, te voilà en train d'enfreindre ta propre règle en organisant un événement officiel impliquant ta reine avant que la malédiction n'ait été levée, dis-je d'un ton taquin.

Érik s'ébroua, ses bras se resserrant autour de moi tandis qu'il m'adressait un sourire impénitent.

— Puisque tu n'as pas le droit d'échouer, il n'y a aucune raison pour que je ne fête pas comme il se doit l'anniversaire de ma reine. À ce propos, nous devrions aller nous mêler à nos invités.

Je hochai la tête, me délectant du tendre baiser qu'il me donna avant de m'entraîner au rez-de-chaussée.

C'était étrange de me retrouver à nouveau dans la salle de bal entourée d'une foule. Cette fois, au lieu d'être la paria essayant de se rendre invisible parmi une poignée de jeunes filles pleines d'espoir, j'étais le centre d'attention. Les regards appuyés, spéculatifs et évaluateurs ne tardèrent pas à irriter mes nerfs déjà mis à rude épreuve.

La voix de Traxia s'était de nouveau manifestée quelques instants avant que les premiers invités ne commencent à arriver. Elle était impitoyable. Une partie de moi aurait tout donné pour simplement me blottir dans les bras d'Érik en attendant le lever du soleil béni qui me permettrait de m'échapper à nouveau du château. Mais j'avais l'intention de m'amuser pleinement ce soir. Avec un peu de chance, cela ferait fuir mon bourreau.

Au début, je m'étais inquiétée de la présence de tant d'étrangers dans le château après la tombée de la nuit. Mais Érik me rassura en me disant qu'une seule soirée, avec autant de monde, ne poserait pas de problème. De toute façon, nous ne ferions pas la fête trop tard dans la nuit. Heureusement, le fait de se mêler aux autres dans ce merveilleux rappel d'un peu de normalité atténua effectivement le harcèlement incessant de Traxia.

Comme je m'y attendais, mon père ne permit pas à Kara d'assister au bal. Il pensait la protéger – et se protéger lui-même – de ma mort inévitable. Cependant, grâce à la correspondance que ma sœur et moi échangions régulièrement, il se tenait subtilement au courant de mon bien-être. J'avais hâte que les six prochaines semaines se terminent pour pouvoir lui montrer que tout cela en avait valu la peine, à plus d'un titre.

Il allait adorer Érik.

Malheureusement, dans ce genre d'événement, il n'y a pas que de la gaieté et du plaisir. Lady Freya ne cessait de vanter les innombrables vertus de sa fille aînée, Solveig. Elle espérait que j'en ferais l'une de mes dames d'honneur une fois la malédiction levée. Lady Freya n'était que la dernière mère pleine d'espoir qui me rebattait les oreilles dans une série interminable de ce genre de conversations opportunistes.

Mon regard chercha Érik parmi les invités, dans l'espoir qu'il vienne à ma rescousse. Il parlait avec l'un de ses conseillers et fronça les sourcils lorsqu'il remarqua mon expression désemparée. La culpabilité m'envahit lorsque je le vis essayer de se libérer pour venir à moi. Secouant la tête, je lui souris d'une manière que j'espérais rassurante.

Avec un soupir d'exaspération à peine réprimé, j'interrompis le flot constant se déversant des lèvres quasi inexistantes de Lady Freya avec une vague excuse. Ses yeux déjà protubérants s'exorbitant et sa main potelée agrippant son ample poitrine sous l'effet du choc auraient dû être comiques. Cependant, un mal de tête de plus en plus lancinant me tenaillait, ce qui me mettait dans une disposition des moins humoristiques. Mon agacement face à mes ambitieux invités avait fait ressurgir l'assaut de Traxia avec virulence.

Je me réfugiai sur le balcon qui donnait sur le jardin. La soirée de fin janvier offrait un temps agréablement vif. Sans manteau, ma cachette n'offrirait qu'un bref répit, mais je prendrais tout ce que je pourrais. J'inhalai l'air frais et vivifiant qui me mordait le nez. Le bruit de la porte s'ouvrant derrière moi attira mon attention. Je me retournai et eus un léger mouvement de recul en voyant Hilda fermer la porte avant de s'approcher de moi. Elle tenait un châle magnifiquement brodé qu'elle me tendit. Stupéfaite, j'acceptai le cadeau inattendu et le passai autour de mes épaules. Je faillis gémir de plaisir sous l'effet de la chaleur bienfaisante qu'il me procurait.

— Merci, Lady Hilda. J'en avais vraiment besoin.

— Tout le plaisir est pour moi, votre Altesse, dit Hilda en souriant.

Sa soudaine gentillesse me déconcerta. Tout le monde savait qu'Hilda avait toujours cru qu'elle serait l'épouse d'Érik et celle qui mettrait fin à la malédiction. Lorsqu'il m'avait choisie plutôt qu'elle, la blessure et le désarroi qu'elle avait ressentis avaient été évidents. Je me serais attendue à de l'aigreur et à un ressentiment amer de sa part face à mon succès apparent, mais pas à ce geste attentionné.

La regardant avec circonspection, je me demandai quel plan obscur couvait dans son esprit, et quand elle frapperait.

— Vous devez vous demander ce que je peux bien vouloir en vous sollicitant ici, à l'abri des regards et des oreilles indiscrètes ? demanda Hilda, les yeux pétillants d'amusement.

Mes joues s'enflammèrent, et j'espérai qu'elle attribuerait leur rougeur soudaine à l'air frais.

— Je dois avouer que c'est le cas.

Hilda resserra son propre châle autour de ses épaules délicates et s'appuya contre la balustrade en pierre du balcon.

— Contre toute attente, il semble que vous allez réussir là où toutes les autres ont échoué. Vous savez évidemment que j'ai été... contrariée que le roi Érik ne m'ait pas choisie. Cela a certainement porté un coup considérable à ma fierté. Mais je suppose que c'était aussi une leçon d'humilité bien méritée, qu'il m'a fallu quelques mois pour digérer et accepter.

Mes lèvres s'entrouvrirent de stupeur devant sa franchise inattendue. Nullement impressionnée par mon manque de décorum, je me ressaisis et lui adressai un sourire gracieux.

— Pour être honnête, Lady Hilda, nous pensions toutes qu'il vous choisirait. J'ai été tout aussi choquée que vous l'avez sans doute été.

— Je n'en doute pas. Toutefois, pour être honnête, une partie de moi était soulagée.

Elle gloussa joliment devant mon expression dubitative.

— Je suis sérieuse. En dépit de toute ma bravade, je me demandais si je pourrais survivre au défi qui a terrassé tant d'autres. Quels que soient mes défauts, être suicidaire n'en fait pas partie.

Je ne pus m'empêcher de glousser devant l'expression d'autodérision qui se dessina sur son visage.

— Ah oui, l'instinct de survie... Mon père déplore le fait que je n'en aie apparemment pas.

Hilda sembla surprise par ma réponse.

— Votre père n'était pas d'accord pour que vous assistiez au bal ?

Lorsque je secouai la tête, elle eut l'air tout à fait abasourdie.

— Compte tenu de vos circonstances antérieures, c'était la meilleure solution possible pour votre famille !

Je haussai les épaules, me comportant de façon plus décontractée que je ne le ressentais.

— En effet. Cependant, Père pense que nous aurions pu

trouver une solution différente qui n'aurait pas mis ma vie en danger. Il aurait préféré que nous devenions indigents mais avoir tous ses enfants en vie, plutôt que d'être riches et en deuil.

Un regard étrange traversa ses traits, puis Hilda se tourna pour faire face au jardin gelé. Elle posa ses mains sur la balustrade en pierre.

— Je vous envie, vous savez ?

— Quoi ?

Je m'appuyai également sur la balustrade en admirant le profil royal d'Hilda.

Elle ressemblait à s'y méprendre à la reine qu'elle avait toujours rêvé de devenir.

— Mes parents ne se seraient pas particulièrement souciés de ma mort, du moment que le roi me choisissait. Ils auraient seulement voulu que je tienne le plus longtemps possible avant de crever. Savez-vous que votre gage de mariée augmente pour chaque mois où vous survivez ?

Je secouai la tête, complètement interloquée.

— C'est la première fois que j'entends parler de cela.

Elle s'ébroua.

— La mère d'Arianne est devenue extravagante dans ses dépenses après l'union par mains liées de sa fille – chaque mois plus démesuré que le précédent. Lorsque ma mère s'est enquise de la source de cette nouvelle richesse, elle a avoué. Depuis, mes parents rêvent d'avoir le même privilège.

Mon cœur se serra pour elle. Je ne pouvais pas imaginer à quel point cela devait être difficile de n'être rien d'autre qu'un moyen de s'enrichir pour les personnes qui devraient se soucier le plus de vous.

La porte du balcon s'ouvrit derrière nous, révélant un Érik inquiet. Il jeta un regard prudent à Hilda avant de tourner des yeux interrogateurs vers moi.

— Tout va bien, ma chérie ? demanda Érik en s'approchant de moi.

— Tout va bien, Érik, répondis-je en souriant. Lady Hilda et moi étions en train d'avoir une conversation amicale. Tu me cherchais ?

Il cligna des yeux, essayant sans doute de cacher sa surprise.

— Oui, en effet. Il est temps d'ouvrir le bal.

J'adressai un sourire d'excuse à Hilda. Elle fit une révérence gracieuse et Érik me conduisit à l'intérieur. Me retrouver dans les bras de mon bien-aimé sous les regards spéculatifs d'innombrables étrangers me ramena à ma première nuit au château. Cette fois-ci, aucune nervosité, aucune inquiétude, aucune illusion désespérée n'envahit mon esprit tandis que je tournoyais et virevoltais sur la piste de danse. Tout ce qui comptait, c'était la façon affectueuse dont mon mari me dévisageait, comme si j'étais la plus grande merveille du monde. À ce moment-là, tout ce qui n'était pas nous cessa d'exister.

Le bal dura deux heures. Lorsque c'était possible, je dansais avec Érik, mais sinon j'acceptais les demandes de nos invités, comme une hôtesse digne de ce nom se devait de le faire. À plusieurs reprises, je me surpris à chercher Hilda, mais elle demeurait introuvable. S'était-elle discrètement éclipsée pendant que nous dansions ? Mais elle réapparut subitement tandis qu'Érik me remettait publiquement mes cadeaux d'anniversaire.

Les larmes me montèrent aux yeux lorsqu'il tira une draperie pour révéler un portrait grandeur nature de moi vêtue d'une robe royale, jouant Sora – la harpe de ma mère. Mais lorsqu'il me présenta le véritable instrument – qu'il avait acheté à mon père – la digue se brisa. Je me fichais complètement du fait que je me donnais en spectacle.

Quels que soient les doutes que quiconque aurait pu avoir sur l'amour sincère entre le roi et moi, ils s'évanouirent. Même s'il restait encore près de sept semaines à passer, le regard dubitatif que nos invités avaient posé sur moi à leur arrivée avait désormais cédé la place à l'espoir. Eux aussi croyaient que je pourrais peut-être y arriver.

La soirée touchant à sa fin, les invités se succédèrent pour nous souhaiter bonne nuit, à Érik et à moi, dont Hilda.

— Lady Hilda, dis-je en souriant lorsqu'elle vint nous présenter ses respects. Je vous remercie d'être venue.

— Tout le plaisir était pour moi, votre Altesse, répondit Hilda.

Elle fit une révérence et se tourna comme pour partir, mais se ravisa.

— Si je peux me permettre, j'ai plutôt apprécié notre conversation de tout à l'heure. Serait-il acceptable que je revienne vous rendre visite de temps en temps ?

Je sentis le regard stupéfié d'Érik. La requête était inattendue, mais j'avais moi aussi apprécié notre conversation. La compagnie féminine que ma sœur et moi avions l'habitude de partager me manquait terriblement. Hilda avait sans doute des motifs ultérieurs. Mais pour l'instant, j'accueillerais volontiers tout autre chose que la surveillance réticente des domestiques.

— Ce serait un plaisir de vous recevoir pour le thé, Lady Hilda, répondis-je. Je suis toujours là, alors n'hésitez pas à passer quand vous le souhaitez.

Elle sembla ravie de ma réponse. Après une dernière révérence, elle prit congé.

Ma tête me lancinait sous l'effet des assauts constants et désespérés de Traxia. À quatre jours du premier mars et de l'activation du sceau final, Traxia ne limitait plus ses attaques à la nuit. Par deux fois encore, j'avais failli donner une crise cardiaque à Érik en me rendant à la porte en somnambule. Elle m'avait dupée à chaque fois en plein jour par des rêves éveillés encore plus trompeurs. Le manque de sommeil faisait des ravages sur moi. Même le pavillon de chasse ne parvenait plus à me soulager vraiment.

Je me préparais à partir en promenade à cheval jusqu'aux abords du domaine lorsque Tormund m'informa qu'Hilda était venue me rendre visite. C'était sa onzième visite depuis la célébration de mon anniversaire, six semaines auparavant. Notre relation restait quelque peu gauche, mais sa compagnie était devenue une distraction bienvenue, surtout pour donner à Érik un léger répit afin qu'il puisse s'occuper des affaires de l'État. Elle était intelligente, mondaine, et partageait ma passion pour la broderie et la poésie. Flûtiste accomplie, Hilda avait joué de nombreux duos avec moi pendant que je jouais de la harpe de ma mère. Érik nous avait même fait la surprise d'assister à l'une de nos séances.

— Bonjour, Lady Hilda, dis-je en enfilant mes gants d'équitation. Je m'apprêtais justement à partir en balade. Voulez-vous vous joindre à moi ?

Dans d'autres circonstances, j'aurais remis cela à plus tard, mais j'avais désespérément besoin de sortir du château. Toujours aussi accommodante, Hilda inclina la tête en signe d'acquiescement.

— Ce serait un plaisir, votre Altesse.

Nous chevauchâmes pendant près d'une heure dans les bois environnants. Comme j'avais besoin de me vider la tête, j'adoptai un rythme plutôt intense, peu propice à la conversation. Lorsque nous revînmes au château, j'étais frigorifiée jusqu'à la moelle. Hilda n'émit pas la moindre plainte à propos de mon comportement inconsidéré. Bien qu'elle s'efforçât de le cacher, ses frissons en disaient long sur son niveau d'inconfort. Honteuse, je demandai aux domestiques de nous apporter le thé dans mon boudoir.

Je me tenais près de la cheminée, les paumes tendues vers les flammes pour réchauffer mes mains gelées. Hilda s'assit derrière moi sur un canapé situé en face de l'âtre. Quelques minutes plus tard, une servante entra avec du thé et des biscuits, qu'elle posa sur la table basse devant Hilda. L'arôme apaisant de la tisane ne tarda pas à envahir la pièce.

— Sucre et lait ? demanda Hilda en nous versant du thé.

— Oui, s'il vous plaît. Ce serait parfait, dis-je par-dessus mon épaule.

Après m'être attardée un moment de plus près du feu, je pris place en face de Hilda, de l'autre côté de la table basse. Elle me présenta une tasse que je pris avec reconnaissance. Je ne pus réprimer le gémissement de plaisir qui m'échappa à la première gorgée, une chaleur bienfaitrice se répandant en moi. Hilda sourit puis but le contenu de sa propre tasse en soupirant de contentement.

— Vous vous montrez bien aimable, Lady Hilda, malgré mon comportement plutôt grossier, dis-je d'un ton penaud. Il faisait bien trop froid pour une si longue promenade. Pourtant, vous avez gardé le rythme sans même une remontrance envers mon impolitesse. Je vous prie d'accepter mes excuses.

Hilda haussa les épaules.

— Pas besoin d'excuses, votre Altesse. Vous êtes manifeste-ment très tendue. Je vois bien que votre épreuve vous pèse. C'est un grand honneur pour moi de vous soutenir dans la mesure du possible.

— Vous êtes si gentille et si compréhensive. J'ai beaucoup apprécié votre compagnie au cours des dernières semaines. Cependant, étant donné les circonstances, je ne peux m'empê-cher de m'interroger sur les raisons qui vous poussent à faire preuve d'une amitié aussi soudaine.

— Pourquoi en effet ? Puisque vous me posez la question de façon aussi directe, je vous répondrai de la même façon.

Elle but une autre gorgée de son thé, puis le posa sur la table avant de me regarder droit dans les yeux.

— Comme vous le savez, je voulais être la reine du roi Érik. S'il est désormais évident que je ne le serai jamais, mes ambi-tions n'ont pas diminué. Dans moins d'une semaine, vous serez officiellement reconnue comme reine des Îles de Rathlin. En tant que telle, vous participerez à de nombreuses fonctions royales, ce qui vous mettra en contacts fréquents avec les hommes les plus puissants de nos royaumes alliés et voisins. Toute femme assez intelligente pour s'assurer une place à vos côtés en tant que confidente ou dame d'honneur aura de nombreuses occasions d'attirer leur attention.

Je gloussai, sidérée par son honnêteté et incapable de décider si j'étais impressionnée ou offensée.

— Votre franchise m'étonne, Lady Hilda. Ne craignez-vous pas qu'une telle candeur m'incite à vous écarter ?

Hilda sourit et inclina la tête d'un air conciliant.

— Il serait stupide et arrogant de ma part de prétendre savoir comment vous réagirez. Mais je crois vous connaître suffisamment maintenant pour penser que vous ne souffrez pas les flatteurs et les flagorneurs. Vous voudriez la vérité, même si elle est désagréable. Hilda remplit ma tasse, puis la sienne, et m'adressa un sourire taquin.

— Cela dit, je dois avouer que votre compagnie s'est avérée très agréable pour moi aussi. Essayer de vous plaire n'a pas été l'épreuve que j'avais redoutée.

Cette fois, j'éclatai de rire devant sa hardiesse. Elle sourit d'un air suffisant tout en ajoutant du sucre et du lait dans ma tasse. Même si je n'étais pas très ambitieuse moi-même, je pouvais respecter un tel trait de caractère chez les autres. Hilda ne serait probablement jamais une confidente, mais elle avait été une compagne agréable. Cela ne me dérangeait pas de l'aider à trouver un mari riche et puissant.

Nous consacrâmes les quinze minutes suivantes à de légers bavardages, Hilda me mettant au courant des derniers événements survenus dans le royaume, en dehors des limites du château. Cependant, le manque de sommeil qui m'avait accablée réclama soudain son dû, tandis qu'une intense vague de lassitude m'envahissait. Mes paupières me semblaient peser une tonne et mon esprit peinait à former des pensées cohérentes.

Remarquant mon brusque changement de disposition, Hilda se précipita à mes côtés, une expression soucieuse sur le visage.

— Votre Altesse, vous ne vous sentez pas bien ? Dois-je demander de l'aide ?

— Fa-fatiguée... Tellement fatiguée... réussis-je à peine à dire.

— Bien sûr, dit Hilda, d'un air soulagé. Avec l'épreuve que vous traversez actuellement, c'est normal. Ne luttez pas, votre Altesse. S'il vous plaît, allongez-vous et reposez-vous un peu. Tout ira bien. Je resterai à vos côtés.

Hilda me persuada de poser ma tête sur l'accoudoir du canapé et souleva mes pieds pour que je m'allonge. Je voulais protester, mais mon esprit était trop embrumé pour que je puisse ne serait-ce que formuler des mots. Hilda alla chercher une couverture qu'elle posa sur moi, tout en me murmurant des paroles réconfortantes. Ma dernière pensée avant que l'obscurité ne me réclame fut de trouver étrange que la voix de Traxia se soit tue.

CHAPITRE 14
ASTRID

Une douleur aiguë à la poitrine et l'impression d'étouffer me tirèrent de ma torpeur. C'était comme si des mains glacées enfonçaient des griffes acérées dans mon cœur et enserraient mon cou dans une emprise meurtrière. Agrippant ma poitrine, je luttais pour respirer. Je me levai du canapé sur des pieds instables et remarquai l'absence d'Hilda. Elle avait promis de veiller sur moi !

Même si mon instinct me disait le contraire, je tentai de me convaincre qu'elle n'était sortie que pour quelques secondes. Toutefois, ma lassitude avait été trop soudaine, trop brutale pour être naturelle. Puis l'horrible vérité s'imposa à moi. Cette douleur à la poitrine et cet essoufflement m'étaient familiers. J'avais ressenti la même chose lorsque le médaillon m'avait avertie que j'étais demeurée trop longtemps éloignée du château. Je baissai les yeux vers ma poitrine, sachant déjà que mon collier ne serait plus là.

— Non ! Hilda, pauvre folle ! soufflai-je.

Prenant appui sur les meubles, je titubai jusqu'à la porte de mon boudoir. Dès que je l'ouvris, j'eus l'impression de pénétrer en enfer. La voix de Traxia explosa dans ma tête, hurlant pour que je vienne à elle immédiatement. Je criai et me repliai sur moi-même sous l'effet de la douleur provoquée par ce son atrocement puissant. D'instinct, dans une vaine tentative de la bloquer, je plaquai mes mains sur mes oreilles.

— Votre Altesse, vous ne vous sentez pas bien ? demanda une servante.

Submergée par la douleur et la peur, je remarquai à peine sa présence, trop concentrée à bloquer Traxia et à rejoindre Hilda avant qu'elle ne fasse quelque chose d'irréversible. M'appuyant contre le mur, je me dirigeai vers le donjon en criant de façon incohérente à Hilda de s'arrêter.

— Votre Altesse, s'il vous plaît, supplia la servante. Vous ne devez pas aller là-bas ! Retournez dans votre boudoir et je vais demander à Maître Tormund de venir vous voir.

L'ignorant, je continuai à avancer. Elle m'attrapa le bras pour m'arrêter. La repoussant avec plus de force que je ne l'aurais fait si mon esprit n'avait pas été aussi torturé par l'agonie, je me précipitai vers la porte du donjon et l'arrachai presque en l'ouvrant.

Les cris virulents de Traxia dans ma tête étouffèrent la voix atténuée de la servante qui s'éloignait en criant à Tormund de venir immédiatement. Je dévalai maladroitement les escaliers et faillis tomber à plus d'une reprise. Lorsque j'atteignis le palier, je vis que ma plus grande peur s'était réalisée. Au bout du couloir, au-delà de la salle octogonale, les onze sceaux actifs pulsaient en rouge autour de l'obscurité béante de la porte ouverte.

Avançant encore de quelques pas, je m'arrêtai au milieu de l'octogone et jetai un coup d'œil à l'intérieur de la salle obscure qui se trouvait devant moi, craignant de ne pas pouvoir m'arrêter si je m'approchais encore plus près. Hilda se tenait devant une magnifique psyché dont le cadre était fait de coraux incrustés de pierres précieuses. La douce lueur violette des coraux était la seule source de lumière dans la pièce autrefois scellée. Piégée à l'intérieur de la psyché, Traxia, à l'apparence magnifiquement cruelle, me regardait en ricanant. Comment n'avais-je pas remarqué sa ressemblance avec Érik lors de notre première rencontre ?

— Tu as perdu quelque chose, reine Astrid ? demandèrent simultanément les voix d'Hilda et de Traxia, tandis qu'Hilda levait la main pour faire miroiter le médaillon. Tu devrais venir le chercher. Après cela, tout ira bien. Plus de douleur... Plus de peur... Juste la paix...

Les cris dans ma tête s'étaient arrêtés. Je savais que je ne pouvais pas... que je ne devais pas... Érik m'avait fait jurer de ne jamais ouvrir la porte ou d'entrer dans la pièce de mon plein gré. Mais j'avais besoin de ce collier. Je n'arrivais pas à respirer. Et cette voix... Cette voix douce, mielleuse et attirante... Si tentante... Si envoûtante.

— Astrid, m'ordonnèrent les deux voix, viens à moi...

Et j'obéis.

CHAPITRE 15
ÉRIK

Quatre jours... Plus que quatre jours et le cauchemar qui m'empoisonnait la vie depuis quinze ans serait terminé.

Lorsque j'avais choisi Astrid un an plus tôt, je ne m'étais attendu qu'à jouir de la compagnie d'une déesse dorée pendant quelques semaines ou quelques mois, jusqu'à ce que ma demi-sœur réclame sa vie. Et en échange de son sacrifice, j'allais offrir à sa famille un avenir prospère au lieu de celui peu reluisant qui les attendait.

Mais j'avais obtenu tellement plus.

Je n'avais jamais espéré tomber amoureux d'aucune de mes épouses. Ce ne fut que la première fois qu'Astrid avait failli ouvrir la Porte Scellée, voilà huit mois, que j'avais réalisé la profondeur des sentiments que j'éprouvais pour elle. L'idée de la perdre à *ce moment-là* m'avait été insupportable. L'idée de la perdre *aujourd'hui* était inconcevable.

Astrid était une femme tellement forte. Même en érigeant mes défenses, je pouvais encore entendre le séduisant chant de sirène des sommations de ma sœur. Pour avoir été soumis à sa compulsion, je comprenais parfaitement le pouvoir qu'elle exer-çait sur ses victimes. Si je n'avais pas été un hybride, capable de

184

me protéger de Traxia, j'aurais perdu la tête depuis longtemps. Le fait qu'Astrid ait résisté à tout cela pendant si longtemps ne faisait qu'accroître mon amour et mon admiration pour elle.

Je détestais laisser ma femme seule dans le château. Cependant, comme l'épreuve se terminait dans quelques jours, je voulais lui préparer une surprise mémorable pour lui montrer qu'elle était tout pour moi. Je voulais que le monde entier sache qu'il n'y en aurait jamais d'autre pour moi.

Le soleil exceptionnellement chaud de la fin de l'hiver traversait les vitraux du bureau du père Osvald, au fond de l'église. Nous étions en train de régler les derniers détails du somptueux mariage que j'organisais pour Astrid et moi. Il aurait lieu le dernier jour de notre union par mains liées, exactement un an et un jour après notre première rencontre.

Elle avait tellement souhaité que son père la conduise à l'autel. Amener le vieil homme têtu à faire taire ses réticences craintives et à s'engager à participer à l'événement avait été tout un défi. Il pensait que prendre le succès d'Astrid pour acquis, c'était inviter le destin à nous punir de notre arrogance en la condamnant à la place. Cependant, je croyais au pouvoir de la pensée positive tout en prenant toutes les mesures nécessaires pour aider le destin à emprunter la bonne voie.

Après avoir conclu notre affaire, le père Osvald et moi nous levâmes de nos chaises et nous dirigeâmes vers la porte.

— Maîtresse Brynhild met la dernière main à une robe de mariée pour la reine Astrid, dit le père Osvald.

Il ouvrit la porte de son bureau et me fit signe de passer en premier.

— Elle est très offensée que vous ayez demandé à Tora de la concevoir. Elle affirme qu'il s'agit de son plus grand chef-d'œuvre et insiste absolument pour que vous y jetiez un coup d'œil avant de prendre votre décision finale à savoir qui doit habiller la reine.

Je m'ébrouai devant la vantardise de la couturière. Maîtresse

Brynhild était sans aucun doute l'une des couturières les plus talentueuses du royaume – et la moins humble. Même si je ne doutais pas qu'elle avait réalisé une robe à couper le souffle, elle avait fait partie de celles qui avaient tourné le dos à Astrid et à sa famille lorsqu'elles avaient traversé une période difficile. Tora était restée fidèle, ce qui lui avait valu la loyauté de ma femme. Quoi qu'il en soit, Kara avait travaillé en étroite collaboration avec Tora, s'assurant que le modèle serait conforme aux goûts d'Astrid.

— Il ne fait aucun doute que Maîtresse Brynhild s'est surpassée. Cependant, c'est aussi le cas de Tora, qui s'avère également connaître parfaitement les mensurations de ma femme puisqu'elle ne l'a jamais abandonnée.

Le père Osvald hocha lentement la tête en signe de compréhension. Il n'avait pas besoin que j'entre dans les détails pour expliquer à quel point les gens avaient été peu charitables.

— Mais assez de discussions de ce genre. Le moment est venu de nous réjouir. Cela fait trop longtemps que nous n'avons pas célébré de mariage royal ici, dis-je, la gorge un peu serrée au souvenir des quatorze années douloureuses qui avaient précédé l'entrée d'Astrid dans ma vie.

— C'est vrai, acquiesça le père Osvald.

Nous atteignîmes l'entrée de l'église et nous nous arrêtâmes devant la porte ouverte. Le père Osvald posa une main réconfortante sur mon épaule.

— Votre épreuve est terminée, mon fils. Je n'aurais pas pu souhaiter une meilleure reine pour vous.

— Merci, mon père.

Je lui tendis la main.

— Je n'aurais pas pu espérer une femme plus extraordinaire.

Lorsque le père Osvald prit ma main et la serra, ma bague se mit soudain à pulser vivement d'un rouge rosâtre.

— Non... soufflai-je, mon cœur se crispant dans ma poitrine.

— Votre Altesse ? demanda le père Osvald, ses yeux étudiant mon visage.

Je dégageai ma main de sa poigne et fixai l'anneau, espérant contre toute attente que ce n'était qu'un dérèglement passager... qu'il retrouverait sa couleur opalescente blanchâtre si sûre. Mais je le savais déjà...

— Astrid... Non ! Oh, dieux, non !

Je courus aveuglément vers mon cheval, mon cœur se brisant en morceaux. Je n'arrivais plus à respirer sous l'effet de la douleur.

— Érik ! cria le père Osvald derrière moi.

L'ignorant, je sautai sur le dos de Tonnerre et le chevauchai à fond vers le château, mes yeux revenant sans cesse sur l'anneau. Sa teinte pâle actuelle signifiait que soit Astrid s'était séparée du collier, soit elle avait ouvert la Porte Scellée.

Traxia n'avait pas encore pris possession d'Astrid. Une fois qu'elle aurait initié le processus, la pierre précieuse perdrait sa teinte rosée et prendrait une couleur rouge pure qui s'assombrirait au fil du temps jusqu'à devenir noire. Une fois que cela se produirait, Traxia se promènerait librement dans un nouveau corps, semant le chaos et la destruction. Même si Astrid avait ouvert la porte ou s'était séparée du collier, il y avait encore une possibilité de la sauver, à condition qu'elle ne se livre pas à Traxia. À la minute où la pierre précieuse deviendrait rouge et où la possession commencerait, elle serait à jamais perdue pour moi. La présence de Traxia grandirait en elle jusqu'à ce qu'elle prenne complètement possession de sa victime. Le seul moyen de mettre fin à la menace était de décapiter l'hôte.

Je ne pouvais pas... Pas Astrid... Elle devait s'accrocher.

Le trajet de huit kilomètres jusqu'au château ne me parut jamais aussi long. À mi-parcours, Tonnerre était couvert de sueur et avait l'écume à la bouche. La pauvre bête respirait si fort qu'on aurait dit qu'elle rugissait de là où j'étais assis. À ce rythme, si ma monture ne mourait pas en chemin, elle ne serait peut-être plus jamais la même, à supposer qu'elle se rétablisse un jour. Cependant, ralentir n'était pas une option.

Alors qu'il restait moins d'un kilomètre à parcourir, du sang commença à s'infiltrer dans l'écume, les poumons de mon cheval saignant sous l'effet de l'effort excessif. La pierre précieuse de ma bague était encore rosée. Mes prières alternaient entre le fait qu'Astrid ne faiblisse pas et l'espoir que le cœur de mon cheval ne lâche pas. Le château se profilait au loin lorsque Tonnerre commença sérieusement à flancher. Ce n'était qu'une question de minutes avant qu'il ne subisse une défaillance catastrophique. Mon cheval titubait, sa démarche devenait molle et désordonnée.

Deux gardes se ruèrent vers moi, prêts à échanger leur monture contre la mienne. J'envisageai de ne pas m'arrêter. J'étais trop près du but pour perdre de précieuses minutes, et le temps ne jouait pas en ma faveur. Cependant, tuer mon cheval — et peut-être moi-même dans la foulée une fois qu'il serait tombé — n'aiderait personne. De toute façon, les chevaux plus frais pourraient parcourir la distance restante beaucoup plus rapidement.

Je ralentis, descendis de cheval et faillis jeter mon garde en bas de sa monture lorsqu'il mit trop de temps à descendre. Je chevauchai la bête à toute allure, me félicitant de ma décision face à la vitesse accrue avec laquelle nous atteignîmes le château. Ralentissant à peine ma monture, je sautai en bas en pleine course. Les gardes qui surveillaient l'entrée avaient déjà ouvert la porte.

Je me précipitai à l'intérieur en criant le nom d'Astrid. Dévalant les escaliers menant au donjon, je fus stupéfait de ne pas trébucher et de ne pas me briser la nuque. Au loin devant moi, je pouvais entendre de multiples voix, parmi lesquelles Tormund et... Hilda ?

— Votre Altesse, je vous en prie. N'entrez pas dans la pièce, je vous en supplie. Le roi Érik va arriver d'une minute à l'autre. Il va...

— ASTRID ! criai-je en courant vers elle.

Elle se tenait juste devant la porte, les paumes posées de chaque côté du chambranle. Astrid me regarda par-dessus son épaule. Sa peau dorée semblait jaunâtre et maladive, ses yeux étaient vitreux. Une fine couche de sueur recouvrait son front, plissé par l'épuisement.

— Ai-aide... M-moi... me supplia Astrid.

Je m'arrêtai à quelques pas d'elle et ouvris grand les bras, l'appelant à moi.

— Astrid, mon amour, viens à moi. S'il te plaît, lâche la porte et viens à moi.

— J'ai échoué...

Un rire diabolique émana de la pièce. Ma mâchoire tomba lorsque je vis Hilda à l'intérieur, tenant le médaillon. En un instant, je compris ce qui s'était passé. Astrid n'avait pas cédé. Elle se battait encore. L'espoir jaillit en moi.

— Tu n'as pas échoué, mon amour. Hilda t'a piégée, lui dis-je. Tu n'as pas ouvert la porte. Tu es restée fidèle.

— Oh, tais-toi, roi Érik, dit Hilda.

Sa voix dégoulinait de mépris, mais ce n'était pas seulement sa voix : c'était un mélange de celle de Traxia et de la sienne.

— Tu aurais dû me choisir. Maintenant, tu vas tout perdre et je régnerai sur le royaume à ta place.

Ignorant Hilda, je me concentrai sur ma femme, utilisant ma compulsion pour l'attirer plus loin.

— Astrid, donne-moi simplement la main, mon amour, et je m'occuperai de tout. Viens, ma chérie. Viens vers celui qui t'aime.

Pendant une seconde, je crus qu'Astrid ne le ferait pas. Puis elle souleva une main tremblante du cadre de la porte. Il suffisait qu'elle soulève la deuxième pour que je puisse l'en éloigner. Les voix conjointes d'Hilda et de Traxia continuaient d'essayer d'attirer Astrid, mais elle gardait les yeux rivés sur moi. Elle plaça sa main tremblante dans la mienne, son regard craintif mais plein de confiance.

— Maintenant, l'autre main, ma chérie. Lâche le cadre de la porte, mon amour, l'encourageai-je doucement.

Dès qu'elle le fit, je l'attirai dans mes bras et l'entraînai loin de la porte. Je ne voulais rien de plus que de la ramener dans notre chambre, mais à quelques mètres de la porte, elle commença à avoir des spasmes et se mit à haleter.

Le collier... Elle ne peut pas s'en éloigner tant que le sceau est incomplet.

Une trop grande distance la tuerait.

— Tormund... appelai-je mon majordome.

Il tint Astrid pour moi, après qu'elle m'eut relâché à contrecœur. Je me tournai vers Hilda.

— Tu es une femme stupide. Ton ambition aveugle est maintenant ta perte. Tant de bonnes options se seraient offertes à une personne de ta beauté et de ton rang. Mais cela ne t'a pas suffi, dis-je d'un ton dur.

— Ne sois pas condescendant avec moi. Nous n'avons pas besoin de ta pathétique épouse. L'utiliser aurait accéléré les choses, mais avec mon aide, Traxia l'emportera sur toi et fera de moi la reine des Îles de Rathlin.

Je marchai jusqu'à la Chambre Scellée, mes émotions partagées entre la pitié et le mépris.

— C'est ce qu'elle t'a promis, Hilda ? Elle a promis de te donner mon trône ? Et tu l'as crue ?

— Son problème, c'est toi.

— Vraiment ? Mais qui continue à mourir ? Mes épouses ou *moi ?* As-tu oublié comment elle a mis notre royaume à genoux avant que je ne l'arrête ? demandai-je en me tenant près du cadre de la porte.

Derrière elle, l'image de Traxia s'effaçait lentement de la psyché. Je savais pourquoi elle se taisait, nous permettant à

Hilda et à moi de discuter sans entrave : elle avait besoin de temps.

— Elle va m'accorder le même marché que celui qu'avait le roi d'origine. Elle dirigera le royaume de Llys, et je dirigerai Rathlin, dit Hilda en soulevant son menton d'un air de défi.

— Faux, dis-je en dégainant mon épée.

Ses yeux s'écarquillèrent de peur.

— Traxia n'a jamais eu l'intention de te donner quoi que ce soit. Si tu réussis, ton corps s'assiéra sur le trône, mais ce sera l'esprit de Traxia qui l'occupera. Tu étais simplement destinée à être le réceptacle.

— Mais...

— Regarde derrière toi, l'interrompis-je sans pitié. Elle a presque disparu de la psyché, parce qu'elle est en train de prendre possession de ce que tu as offert avec tant d'empressement – toi-même.

Hilda jeta un coup d'œil par-dessus son épaule et commença à trembler lorsque l'image floue de Traxia se mit à rire d'elle. Hilda essaya de sortir de la pièce, mais ses pieds ne lui obéissaient plus. Je reconnaissais ce regard pour l'avoir vu bien trop souvent auparavant, lorsque Traxia avait pris le contrôle de mes épouses.

— Arrête-la ! S'il te plaît ! Je suis désolée ! supplia Hilda. J'accepterai n'importe quelle punition...

— Oh, je vais l'arrêter, dis-je en l'interrompant à nouveau, mon ton glacial. Mais tu n'aimeras pas comment.

Je jetai un coup d'œil par-dessus mon épaule pour m'assurer que Tormund détournait le regard d'Astrid. Il savait ce qui allait suivre. Je voulais épargner cette horreur à ma femme. Me préparant à la contre-attaque de Traxia, j'entrai dans la pièce. Mon estomac se retourna sous l'effet de la malveillance de la magie noire qui y régnait.

— Que fais-tu, Érik ? demanda Hilda, la voix tremblante d'effroi.

— Ce qui n'aurait jamais dû devoir se reproduire, dis-je en levant mon épée de manière significative.

— Non ! hurla Hilda en levant les mains pour se protéger – ce qui ne m'aurait pas arrêté pour autant.

Cependant, les manœuvres défensives d'Hilda ne me préoccupaient pas, c'étaient celles de Traxia qui m'inquiétaient. Aussitôt, un mur de coraux se dressa devant moi, protégeant Hilda de ma lame. Je me frayai un passage à travers les vagues infinies de défenses de ma sœur, en les sabrant et les tailladant. Cela n'avait jamais été aussi difficile auparavant. La magie de Traxia était plus forte, plus rapide. Mais là encore, elle n'avait jamais eu d'hôte l'ayant volontairement laissée entrer. Les autres avaient essayé de la combattre mais avaient été trop faibles.

L'image de Traxia dans la psyché vacillait, apparaissant et disparaissant. Je n'avais plus beaucoup de temps. Une fois que son image se serait estompée, elle aurait entièrement transféré sa conscience dans le corps d'Hilda et pourrait sortir de la Chambre Scellée. Pour la première fois en quinze ans d'affrontements avec ma sœur sorcière des mers, j'avais vraiment peur de ne pas réussir à l'enfermer à nouveau. Hilda émettait des gargouillis dans un ultime effort pour appeler à l'aide, mais Traxia lui avait ôté trop de contrôle. Hilda ne serait bientôt plus qu'un souvenir.

Essoufflé, couvert de sueur, je tentai d'ignorer la brûlure des muscles de mes bras causée par l'effort. Les attaques devinrent de plus en plus sauvages. Une partie du corail émergeait maintenant du sol sous mes pieds, me faisant perdre l'équilibre. Des éclats tranchants, en forme de poignard, jaillissaient au milieu des coraux. Quelques-uns d'entre eux ne me firent que de légères entailles et coupures, mais l'un d'eux s'enfonça presque dans mon ventre. Poussant un cri effaré, je reculai, car je n'avais jamais connu cela auparavant. Le corail se construisait plus vite que je ne pouvais le détruire, et les tessons barbelés me ralentissaient encore plus.

Une peur glaciale me parcourut l'échine lorsque la psyché

brilla d'une lueur éclatante avant que son cadre ne prenne une couleur terne. Les coraux régressèrent, révélant Traxia dans le corps d'Hilda. Sans la lueur de la psyché éteinte, la pièce fut plongée dans l'obscurité, à l'exception de la lumière qui entrait par la porte ouverte. D'un geste de la main, Traxia alluma les torches sur le mur, révélant ce que la pénombre avait miséricordieusement gardé caché jusqu'à présent. Je détournai le regard des corps debout de mes épouses précédentes, alignés le long des murs comme des statues, leurs cadavres décapités éternellement conservés dans une couche de corail. À leurs pieds, leurs têtes fixaient la psyché sans la voir.

— Bonjour, petit frère, dit Traxia, sa voix faisant froid dans le dos.

— Je ne peux pas te laisser sortir d'ici, Traxia. Je sais combien de ravages et de destruction tu vas infliger à mon peuple.

La sorcière des mers rit.

— *Ton* peuple, mon frère ? Ils sont à moi maintenant. Ils auraient toujours dû l'être si Père ne m'avait pas spoliée de mon droit d'aînesse. Il est temps pour toi de partir, usurpateur.

Je levai mon épée pour la frapper, mais d'un geste du poignet, elle me l'arracha des mains, l'envoyant valser plus loin. Avant que je ne comprenne ce qui m'arrivait, une douleur atroce explosa dans mon dos. Je m'écrasai contre le mur avec un bruit sourd. Elle m'avait projeté à l'autre bout de la pièce comme si je ne pesais pas plus qu'un caillou. Sonné, je tentai de me remettre sur pied. Une douleur fulgurante me transperça lorsque des lances de corail pointues émergèrent du sol pour s'enfoncer dans mon dos. Cloué au sol et sans arme, je regardai avec horreur Traxia s'approcher lentement, se pavanant avec suffisance jusqu'à ce qu'elle se tienne au-dessus de moi.

— Il est temps de mourir, petit frère. Passe le bonjour à Père de ma part.

Elle leva la main pour lancer le dernier sort qui allait

m'achever lorsqu'un cri courroucé résonna derrière elle. Surpris, nous nous tournâmes tous les deux pour voir Astrid foncer sur Traxia, mon épée dans ses mains levées. Les yeux écarquillés par la peur, Traxia ouvrit la bouche, probablement pour ordonner à Astrid d'arrêter avec sa voix de sirène. Mais ma femme décapita Traxia avant qu'elle ne puisse prononcer la moindre parole.

— Éloigne-toi de mon mari, espèce de démon ! hurla Astrid au cadavre secoué de spasmes à mes pieds.

Jetant l'épée au sol, Astrid se précipita à mes côtés, le visage crispé par l'inquiétude. Les lamelles de corail qui m'empalaient se rétractèrent, m'arrachant un cri de douleur. Il fut noyé par les cris stridents de Traxia, dont l'essence retournait dans la psyché. Le bruit incroyablement puissant nous obligea, Astrid et moi, à nous boucher les oreilles. Lorsqu'il cessa enfin, je grimaçai de douleur et me relevai avec l'aide de ma femme.

J'arrachai le collier de la main inerte d'Hilda. Quelques secondes plus tard, des vrilles de corail tirèrent son cadavre et sa tête jusqu'à un emplacement vacant le long du mur, à côté des restes d'Arianne, pour qu'ils soient eux aussi conservés. Je tournai Astrid vers moi pour qu'elle ne continue pas à observer ce spectacle macabre, puis je plaçai le collier autour de son cou. Elle sembla immédiatement mieux respirer et son soupir de soulagement indiqua que la douleur qu'elle avait ressentie s'était estompée.

Luttant pour rester stable malgré le sang qui dégoulinait de moi, j'entraînai Astrid hors de la pièce.

— Viens, ma chérie. Nous devons refermer la porte.

Ignorant les cris venimeux de Traxia depuis sa prison de cristal, nous sortîmes de cet antre du désespoir. Les yeux pleins d'admiration, je contemplai la femme la plus formidable, l'amour de ma vie, fermer la porte et réactiver les sceaux avec une détermination inébranlable.

— Tu es blessé, dit Astrid en passant un bras autour de ma taille pour me soutenir.

— Astrid... Tu viens de sauver nos deux vies et celle de chaque être vivant dans les deux royaumes, et tu t'inquiètes de mes blessures ?

Elle me dévisagea avec inquiétude.

— Tu es blessé, Érik. Je t'ai vu voler à travers la pièce et t'écraser contre le mur. Il y a...

— Je vais bien, ma chérie, dis-je en me penchant pour l'embrasser.

Elle recula la tête hors de portée et posa sa paume sur ma poitrine, m'arrêtant.

— Tu saignes.

Se tournant vers Tormund, qui nous fixait la bouche béante, Astrid lui fit signe de s'avancer.

— Maître Tormund, aidez-moi à le ramener dans notre chambre et faites venir le médecin.

— O-Oui, votre Altesse, dit Tormund en se précipitant à nos côtés.

Il jeta des coups d'œil émerveillés à Astrid tout le long du chemin jusqu'à notre chambre. Je ne pouvais pas le lui reprocher.

Bien que saignant et couvert d'ecchymoses, je sortis du donjon le plus heureux des hommes.

ÉPILOGUE
ASTRID

Aujourd'hui, c'était le dernier jour de mon épreuve. Trois jours s'étaient écoulés depuis la folle confrontation avec Traxia. Trois jours pendant lesquels Érik s'était rapidement remis de ses blessures, grâce à son sang llysien. Le plus beau dans tout ça était que le plan de Traxia s'était retourné contre elle de façon spectaculaire.

Quelque chose s'était brisé en moi lorsque j'avais vu l'homme que j'aimais sur le point d'être assassiné. Remplie d'une rage aveugle, la seule chose qui m'avait animée était le besoin de détruire la menace. Comme dans un rêve, j'avais ramassé l'épée d'Érik et rapidement éliminé l'abomination qui avait fait de sa vie un enfer pendant une décennie et demie.

Mais séparer sa tête de son corps avait fait plus que mettre fin à sa renaissance par l'intermédiaire d'Hilda en tant que vaisseau. D'une certaine manière, cela avait également mis fin au lien qu'elle avait établi entre nous. C'était comme si, à ce moment précis, je l'avais si violemment rejetée, elle et tout ce qu'elle représentait, que j'avais érigé un mur entre nous – un mur qu'elle ne pouvait plus franchir. Même si j'entendais encore les cris incessants de Traxia pour que je vienne à elle, ses paroles ne m'attiraient plus. Son pouvoir de compulsion sur moi appartenait au passé.

Érik n'arrêtait pas de dire que je nous avais tous sauvés, mais nous nous étions mutuellement sauvés. Même si j'avais donné le coup de grâce, sans son aide inébranlable au cours des douloureux derniers mois, sans l'intervention de Tormund pendant qu'Érik revenait en trombe de la ville, et sans l'attaque de mon mari sur Hilda la possédée, il ne faisait aucun doute que j'aurais succombé. Cependant, aujourd'hui, cette épreuve allait prendre fin pour toujours.

Alors qu'Érik et moi nous dirigions vers l'entrée du donjon, les serviteurs s'étaient alignés dans le couloir, s'inclinant devant nous à notre passage. Pour la première fois, ils me regardaient tous dans les yeux. Ma gorge se serra à la vue de la joie et de la gratitude manifestes qui se lisaient dans sur leurs visages. Alors que nous approchions, deux gardes ouvrirent la porte du donjon.

Érik et moi descendîmes, pour ce que j'espérais être la dernière fois, avec Tormund qui nous suivait. Le médaillon entièrement chargé qui pendait à mon cou brillait comme le soleil à son zénith. Le dernier sceau terne m'appelait. Je m'approchai de la Porte Scellée et plaçai le médaillon dans son socle. Les cris de Traxia se transformèrent en un long hurlement de banshee, mais il n'avait aucune emprise sur moi, hormis son volume douloureux.

— Bienvenue dans ton enfer éternel, démon, murmurai-je, puis je tournai résolument le médaillon vers la gauche.

Alors que son joyau se vidait de son énergie, j'eus l'impression que l'on arrachait mon âme de mon corps. La douleur était accablante, mais je l'acceptai. Ce sacrifice me permettrait d'être heureuse jusqu'à la fin de mes jours. L'énergie circula à travers les lianes sculptées sur la porte jusqu'au sceau final sur le mur, juste au-delà du cadre de la porte. Une fois le sceau activé, le mur tout entier se mit à pulser d'une lumière aveuglante.

Mon cri de douleur se mêla aux hurlements désespérés de

Traxia. Lorsque la lueur s'éteignit, le joint du cadre de la porte disparut. Les seules indications qu'une porte s'y trouvait étaient le socle du médaillon et les vrilles incandescentes qui en jaillissaient pour rejoindre les sceaux lumineux. Cela me faisait penser à un soleil magique se levant à l'horizon.

La voix de Traxia se tut brusquement et l'agonie du transfert s'estompa. Je m'effondrai, mais les bras musclés d'Érik me rattrapèrent. Il écrasa mes lèvres d'un baiser passionné et me serra dans une étreinte meurtrissante. Me sentant hébétée et groggy, je l'embrassai faiblement, tout en riant et en pleurant.

— C'est fini, ma chérie. Tu as réussi ! Nous sommes enfin libres. Mon épouse bien-aimée...

— Je t'avais dit que je serais la dernière... balbutiai-je.

Il gloussa doucement, son front se posant contre le mien.

— Oui, tu l'as fait.

Érik me prit dans ses bras et me porta jusqu'à notre chambre sous les acclamations et les applaudissements larmoyants des gardes et des serviteurs. Mais je ne les voyais pas : je n'avais d'yeux que pour mon mari bien-aimé. Il m'allongea sur notre lit et retira le collier de mon cou.

Je le dévisageai avec de grands yeux.

— Qu'est-ce que... ?

— Tu n'as plus besoin de cela, ma chérie. Je vais le ranger là où aucune main avide ne pourra plus jamais y accéder. Quant à toi, mon amour, dit-il en embrassant le bout de mon nez, je te mettrai un autre bijou demain, lorsque ton père te conduira à l'autel.

— Mon père ? Attends... quoi ?

— Demain, nous nous marierons. Le royaume tout entier sera témoin du fait que je prends ma véritable épouse. Merci, Astrid, d'être restée forte. Je t'aime tellement. L'idée de te perdre...

— Tu ne me perdras jamais, Érik. Ni aujourd'hui, ni demain, ni jamais. Je t'aime maintenant et pour toujours.

ÉRIK

Après la défaite de Traxia, même si je me réjouissais de ma liberté retrouvée, je luttais contre le traumatisme persistant des quinze dernières années. Les premières semaines, je me réveillais en sursaut et me pinçais pour m'assurer que c'était bien la réalité, que notre victoire n'avait pas été une illusion.

Bien que nous ayons progressivement rétabli le nombre de serviteurs et de gardes à demeure dans le château, leur simple présence me mettait constamment au bord de la paranoïa. Entendre leurs voix feutrées dans l'enceinte du château la nuit me donnait presque des crises cardiaques jusqu'à ce que mon esprit réalise que ce n'était pas Traxia qui chuchotait dans ma tête.

À l'inverse, Astrid s'épanouissait. En vérité, un changement radical s'était produit depuis le moment où elle avait décapité Hilda possédée par Traxia. Mon épouse était devenue plus intrépide, plus sûre d'elle, plus forte et sans peur. Elle dégageait une aura de puissance qui imposait le respect tout en étant incroyablement séduisante.

Le peuple l'adorait.

Cela allait bien au-delà du fait qu'elle avait mis fin à la malédiction et ramené la paix et la prospérité dans le royaume. Elle dégageait une incroyable aura de bienveillance qui vous enveloppait comme l'amour d'une mère, et tout le monde voulait s'en imprégner. Lors de nos premiers voyages diplomatiques, le simple fait de l'avoir à mes côtés facilitait grandement les négociations. Il suffisait qu'elle sourie pour que les gens fondent.

Il s'était incontestablement passé quelque chose ce jour-là. Heureusement, cela ne semblait avoir que des effets positifs sur ma bien-aimée.

Deux mois après la fin de la malédiction, Astrid annonça

qu'elle était enceinte de notre premier enfant. Compte tenu des multiples fausses couches dont ma mère avait souffert à cause de la magie noire de la psyché, j'avais voulu garder le silence jusqu'à ce que le ventre d'Astrid commence clairement à se dessiner. Cependant, je gardai ces appréhensions pour moi. Je ne voulais pas gâcher le bonheur de ma femme et je craignais que le fait d'exprimer mes inquiétudes à voix haute n'attire la malchance sur notre enfant.

De toutes manières, Inga avait confirmé que la magie noire du miroir avait été complètement scellée dans la pièce. Le lien de Traxia avec le kraken avait également été rompu, la formidable créature ne répondant plus qu'à ma volonté ou à ceux que j'autorisais.

Malgré mon inquiétude excessive, la grossesse se déroula sans problème. Et le premier jour de décembre, exactement neuf mois après la fin de la malédiction, Astrid donna naissance à notre fille. Nous l'appelâmes Alinor, en l'honneur de ma grand-mère. Elle était magnifique, née sous un ciel bleu limpide et avec un temps inhabituellement chaud pour la saison.

Assis au bord du lit, un bras passé autour des épaules d'Astrid, je contemplais avec émerveillement notre enfant blottie dans les bras de sa mère.

— Elle a ton visage angélique et tes magnifiques cheveux blond doré, dis-je tendrement, la voix étranglée par l'émotion.

— Mais avec tes étonnants yeux argentés et tes branchies, chuchota Astrid avant de roucouler vers notre fille, ses doigts fins traçant les lignes à peine visibles sur le cou de notre enfant.

Je souris, faisant taire le malaise qui voulait s'installer au creux de mon estomac. Traxia avait aussi été blonde avec des yeux argentés. Évidemment, ce n'était qu'une coïncidence. Après tout, mon grand-père et ma femme étaient blonds. Il était logique que notre fille hérite de ces traits.

— Le mélange parfait de nous deux, déclarai-je affectueusement.

Et parfaite, elle l'était.

Tout le monde s'extasiait devant elle, même les domestiques trouvaient toutes les excuses possibles pour l'approcher. Ils ne se rendaient pas compte que c'était en partie à cause de ses chants de sirène. Comme tous les enfants llysiens, Alinor vocalisait instinctivement, généralement lorsqu'elle ressentait des émotions fortes, de la joie à la tristesse, ou des malaises, de la faim au besoin de changer sa couche. Mais en tant qu'enfant comblée, elle attirait généralement les gens vers elle par sa joie.

Il faisait encore nuit dehors, aux petites heures du matin du premier anniversaire de la défaite de Traxia, lorsque je sentis un changement dans l'air. D'abord, ma peau fourmillait en réaction à ce que je reconnus comme étant le pouvoir du kraken qui me traversait. Puis j'entendis l'appel de ma fille.

Astrid remua contre moi et ses yeux s'ouvrirent brusquement. Elle n'avait pas l'air hébété ou confus, comme c'était normalement le cas après le réveil.

Elle me regarda immédiatement dans les yeux.

— Alinor a besoin de nous, dit-elle, sans ambages.

— Tu l'entends ? demandai-je, un peu décontenancé.

Astrid hocha la tête.

— Je l'entends toujours, répondit-elle, comme si cela allait de soi.

Nous sortîmes du lit et enfilâmes nos tuniques de nuit avant d'entrer dans la chambre de notre fille, adjacente à la nôtre. Bien réveillée, elle braqua sur nous ses yeux argentés, sa bouche en forme de cœur s'étirant en un radieux sourire édenté.

Par la fenêtre qui faisait face à l'océan au loin, des nuages orageux s'amoncelaient au-dessus de l'eau. Pourtant, ils ne contenaient aucune menace, seulement des promesses. Simultanément, des centaines de voix s'élevèrent au loin dans une mélodie lancinante. Personne d'autre que ceux à qui elle était destinée ne l'entendrait.

— Ton peuple... Ils nous appellent, dit Astrid, l'air intrigué, pas effrayé.

— Oui, répondis-je.

— Ils veulent la rencontrer, ajouta-t-elle avec une justesse presque prophétique.

— Oui, répétai-je, en étudiant ses traits pour voir sa réaction.

— Alors allons les rencontrer, dit-elle en souriant.

Je lui rendis son sourire, pris notre fille dans mes bras et la guidai jusqu'au passage secret de mon bureau. Pieds nus comme moi, Astrid ne semblait pas gênée par la fraîcheur des pierres sous nos pieds tandis que nous empruntions le tunnel menant à la crique secrète. À chaque pas, la mélodie devenait plus forte. Cependant, cette fois, nous pouvions l'entendre à la fois dans nos esprits et dans nos oreilles. Alinor roucoulait et gloussait, son excitation s'intensifiant à mesure que nous approchions de notre destination.

— Par les dieux ! chuchota Astrid lorsque nous sortîmes enfin du passage.

Des centaines de Llysiens se tenaient sur la pente où les touffes d'herbe avaient cédé la place au sable léché par les vagues de la marée. Beaucoup d'autres se tenaient dans l'eau ou y nageaient. La reine Eira et la sorcière des mers Inga se tenaient directement devant nous sur la plage. Et dans l'eau, la silhouette massive du kraken se dressait derrière elles, ses yeux jaunes brillant comme deux phares géants dans la nuit.

Astrid glissa une main dans la mienne. Leur chant envoûtant s'estompa tandis que nous franchissions la distance qui nous séparait de ma tante.

— Bonjour Érik, et toi, Astrid, dit Eira d'un ton chaleureux avant de tourner son regard vers notre fille toujours blottie dans mes bras.

Si elles n'avaient pas assisté à notre mariage, tante Eira, Inga et quelques autres Llysiens étaient venus rencontrer Astrid à quelques reprises en pénétrant dans le château par le passage secret.

— C'est bon de te revoir, Eira, répondit Astrid sur le même ton, tandis que je souriais à ma tante.

— Et la voilà, la petite merveille qui nous a tous envoûtés, poursuivit Eira.

— Envoûtés ? répétai-je, confus.

— Votre petite princesse chante pour le kraken depuis sa naissance. Mais ces dernières semaines, c'est pour nous qu'elle chante, expliqua Inga.

Je me raidis, l'inquiétude m'envahissant.

— C'est une *bonne* chanson, Érik, intervint rapidement Eira, sans doute en réponse à mon expression. Une *très bonne* chanson.

Astrid et moi échangeâmes un regard perplexe avant de fixer ma tante d'un air inquisiteur.

— C'est un chant de reine, un chant de ralliement. Seule une véritable reine llysienne peut nous unir dans une harmonie parfaite. Alinor n'est pas ton héritière. C'est la nôtre, enchaîna Eira.

— Le Kraken s'est lié à elle, ajouta Inga. Elle n'est pas seulement notre future reine, mais aussi l'une des plus puissantes sorcières des mers de tous les temps. Lorsque j'ai rencontré Astrid, je m'étais demandé quels pouvoirs je ressentais – les siens ou ceux de l'enfant qu'elle portait. Maintenant, je sais que c'étaient les deux.

— Les deux ? demanda Astrid, faisant écho à mes pensées, même si je me doutais de ce qui allait suivre.

— Le jour où tu as tué le vaisseau de Traxia, tu as absorbé sa magie et tu l'as transmise à ton enfant. Et je soupçonne que tu feras de même pour toute ta progéniture, expliqua Inga. Comme tu n'es pas llysienne, tu ne pourras pas exploiter sa puissance comme le ferait l'un d'entre nous.

— Mais elle l'exerce passivement, dis-je avec une compréhension soudaine.

Inga hocha la tête.

— Mais votre fille contrôlera les mers et les éléments. Son cœur est pur. Alors élevez-la bien. Et lorsque le fils que tu portes actuellement naîtra, cultivez l'amour et l'harmonie entre eux. Ensemble, ils régneront sur ce monde.

Ma mâchoire tomba, et Astrid appuya une paume sur son ventre encore plat.

— Un fils ? Je porte un fils ? murmura-t-elle, la joie et le choc illuminant ses beaux yeux.

— Oui, ma chère. Tu portes l'héritier de ton royaume, dit Eira avec affection. Grâce à vos enfants, nos mondes vont enfin se rejoindre. Finis les secrets.

Le cœur rempli d'amour et de bonheur, je me tournai vers ma femme et échangeai avec elle un baiser empreint de dévotion. Nous rompîmes le baiser, les yeux rivés l'un sur l'autre pendant quelques secondes. Alinor roucoula, sa petite main s'étirant pour caresser la joue d'Astrid, puis la mienne.

— Mais pour que cet avenir se produise, Érik, tu dois volontairement céder les rênes à ta fille, interjeta Inga, attirant à nouveau notre attention sur les gens qui nous entouraient. Le kraken suivra toujours tes ordres, mais une fois que la petite Alinor aura atteint sa majorité, il s'en remettra à elle.

— Je consens, répondis-je sans hésiter. Je ne convoite pas ce type de pouvoir.

Le visage d'Eira fondit d'affection tandis qu'elle souriait d'un air approbateur.

— Alors présentez votre fille à son lien et à son protecteur.

Un bras passé autour de la taille d'Astrid, je marchai jusqu'au bord de l'eau. Alinor se trémoussait et gloussait, ses petites mains s'approchant de la créature qui, en d'autres circonstances, aurait fait fuir la plupart des gens.

Le kraken se rapprocha, ses tentacules géants se déployant

dans notre direction. Je m'attendais presque à ce qu'Astrid recule ou tente de s'éloigner. Mais elle demeura immobile, une expression de confiance sur ses traits tandis que l'extrémité d'un tentacule gris foncé caressait le bras d'Alinor avant de s'enrouler autour d'elle. Je relâchai notre fille, qui continua à glousser et à sourire béatement à la créature.

À ma grande surprise, le kraken tendit un deuxième tentacule, cette fois pour effleurer délicatement le ventre d'Astrid, saluant ainsi notre fils à naître. Ma femme se pressa davantage contre moi, mon bras autour d'elle resserrant son emprise.

Alors que les voix de ma famille llysienne s'élevaient à nouveau, nous observâmes avec émerveillement les éclairs danser derrière les nuages au-dessus de nos têtes et notre petite princesse étreindre le tentacule de la créature la plus redoutable des sept mers.

Il n'y aurait plus de tentations, plus de menaces pour notre royaume.

Nous avions gagné.

FIN

ERIK & ASTRID

 ERIK

Si mon livre vous a plu, s'il vous plaît, prenez le temps d'écrire un petit commentaire sur Amazon et Goodreads. C'est important pour nous !

CHRONIQUES DE VÉRÉDIA

Fuite du Destin

Destin Aveugle

Élever Amalia

Aléas du Destin

Mains du Destin

Défier le Destin

GUERRIERS XI

Doom

Légion

Raven

Bane

Chaos

Varnog

Reaper

Wrath

Xénon

Névrik

BRAXIA

Anton's Grace

OTHER

True as Steel

Alien Awakening

Dark Swan

À PROPOS DE RÉGINE

USA Today bestselling author Régine Abel est friande de romance futuriste, paranormale et fantaisiste. Ses livres contiennent toujours un peu de magie, des éléments inusités et un couple passionné. Elle aime inventer des héros aliens sexy et des héroïnes intelligentes et fortes qui évoluent dans des mondes fantastiques à travers une histoire remplie d'action, de rebondissements et de mystère.

Avant de se vouer à l'écriture à temps plein, Régine s'était livrée à ses autres passions : la musique et les jeux vidéo ! Après avoir œuvré pendant une décennie en tant qu'ingénieure de son en doublage de films et lors de concerts, Régine est devenue game designer puis directeur créatif en jeux vidéo, une carrière qui l'a menée de son pays de résidence, le Canada, aux États-Unis puis dans divers pays d'Europe et d'Asie.

Facebook

https://www.facebook.com/regine.abel.author/

Site Web

https://regineabel.com

Regine's Rebels Reader Group

https://www.facebook.com/groups/ReginesRebels/

Newsletter

http://smarturl.it/RA_Newsletter

Goodreads

http://smarturl.it/RA_Goodreads

Bookbub

https://www.bookbub.com/profile/regine-abel

Amazon

http://smarturl.it/AuthorAMS

www.ingramcontent.com/pod-product-compliance
Lightning Source LLC
Chambersburg PA
CBHW071606030726
47593CB00001BA/336